Clara Viebig

Das Weiberdorf

RHEIN
MOSEL
VERLAG

11. Auflage 2023
RHEIN-MOSEL-VERLAG
Brandenburg 17 56856 Zell/Mosel
Tel. 06542/5151 Fax 06542/61158

ISBN 978-3-89801-111-2
Ausstattung: Cornelia Czerny
Umschlags-Aquarell: Regina Melsheimer
nach einer Zeichnung von Ursula Hess

Clara Viebig

Das Weiberdorf

Roman aus der Eifel

RHEIN-MOSEL-VERLAG

Diese Wiederauflage stützt sich auf die früheste uns erreichbare Ausgabe, die als 3. Auflage im Verlag F. Fontane & Co., Berlin 1900, erschienen ist. Im Jahre 1900 war »Das Weiberdorf« auch zum ersten Mal aufgelegt worden.
Der Nachdruck entspricht, auch in den Dialekt-Passagen, der Vorlage.

Danksagungen des Verlages

Bedanken möchten wir uns bei allen, die bei der Wiederauflage des berühmten Eifelromans von Clara Viebig geholfen haben:
Der »Clara-Viebig-Gesellschaft Bad Bertrich e.V.« für die Überlassung alter Originale; Frau Dr. Charlotte Houben für die Durchsicht der Texte und Frau Ursula Hess sowie Frau Regina Melsheimer für die Gestaltung des Titelbildes.

I.

Trapp, trapp – hart klingen die Schritte auf der steinigen Landstraße. Männer, ein ganzer Trupp! Und nun noch ein Trupp, und etwas weiter zurück kommt noch ein dritter. Männer mit Schweiß auf den Stirnen, mit Staub auf den Stiefeln, mit der ganzen Glut des frühen Sommers und des hastigen Wanderns auf den geröteten Gesichtern. Jeder trägt sein Bündel am Stekken über der Schulter, paarweise schleppen sie auch ein Köfferchen; alle haben sie die Taschen der städtischen Sonntagsröcke vollgestopft zum Platzen.

Nun halten sie an auf der Höhe von Schwarzenborn und verschnaufen.

Da unten liegt das Salmtal, schmal und grün und lieblich. Die klare Salm schlängelt sich als Silberband; dort, an der letzten Krümmung, ragen die Ruinen von Kloster Himmerod, schon verschleiert vom Abendduft, und da, dicht zu Füßen, scheinbar mit einem Steinwurf zu erreichen, Eifelschmitt! Daheim, daheim!

Ein froher Schein glitt über die heißen Gesichter, ein tiefer Atemzug hob jedem der Wanderer die Brust unter dem zerknüllten Hemd. Da wurden rasch die Hüte vom Kopf gerissen und geschwenkt. »Hurrah! Helao! Derhäm!«

Der jüngsten einer, der schlanke Kerl mit dem Feldblumensträußchen am Strohhut, fing ein Lied an; er schmetterte aus Leibeskräften, sein starker, etwas kratziger Tenor zitterte in mächtigen Schallwellen über die Bergrücken. Unten im Tal erwachte ein Echo. Das machte ihm Vergnügen; er hielt den einen Ton an, gleich stark, endlos, die Bänder am Halse schwollen ihm, sein Gesicht wurde blaurot, die Augen quollen ihm vor – immer noch!

Die anderen bewunderten ihn: »Dän kann et!«

Immer noch – da knacks, der Ton brach ab! In gekränkter Eitelkeit versuchte der Bursche noch einmal, aber die Stimme gehorchte nicht mehr.

»En Krümmel in der Tröt, saon se lav unnen zu Köllen. Haha, en Krümmel in der Tröt!« Die Männer lachten.

Der Sänger wurde zornesrot und räusperte sich gewaltsam.

»Looß sin«, sagte begütigend einer der älteren und klatschte ihm freundschaftlich auf die Schulter. »Hal dei Maul, Jong! Sei net e su bubsterzig*, de Stimm kann mer net kommandieren, se es ken Maschien on ken Framensch.« Und dann augenzwinkernd: »Wat maanste, Lorenz, ob Lenzen Bäbb heit awend besser pariert?«

»Dat Bäbbchen?!« Lorenz zeigte, schnell getröstet, die tadellosen Zahnreihen. »Et gitt gäckig vor Freid. Se maanen all, mir kommen erscht morjen.« Er patschte sich auf die Lenden. »Helao, dat gitt ebbes! Seit Weihnachten en halw Jaohr ohne Schatz gesäß! Dat es net pläsierlich.«

»Nä, nä, dat is et aach net!« Eine gewisse Rührung bemächtigte sich ihrer sämtlich; ein jeder dachte an die, die an seiner Brust liegen würde. Die Ehemänner dachten an ihre Frauen, die Ledigen an die Mädchen, die sie beim letzten Besuch zu Weihnachten am heißesten geküßt, heiß geküßt im kalten Schnee. Und jetzt war Sommer – die hatten lange fasten müssen!

»Dat gitt en Freid!« Man warf sich in die Brust, man brachte ja das Glück. Schnell noch einen Blick hinunter ins dämmernde Tal. Da warteten die Hütten im milden Abendlicht, leichter Rauch kräuselte sich vom heimischen Herd. Da träumten die Wiesen, und die Büsche am Waldsaum lockten mit verschwiegenem Dunkel.

Es schwebte etwas herauf, es kam mit dem Wind und flüsterte im Gras; die Luft koste leise und weich, Nebelstreifen wie winkende Brautschleier stiegen aus dem Grund am Bach, Bäume streckten verlangende Arme aus. Jetzt – hier – da – dort glomm ein Lichtchen auf! Blasse Sterne, sehnsüchtige Augen in einsamer Kammer.

Niemand mehr auf den abschüssigen Äckerchen. Alles still, wie begraben.

»Häh! Halloah! Gieht noch net schlaofen, eweil sein mir elao! Halloah – – – oa – – oah – –!« Einer da oben hielt die hohlen

* eigensinnig

Hände vor den Mund und tutete hinein, dann warf er lustig sein Bündel in die Höh. »Lorenz, Josef, Mathesen, Hanni! Wän es dän erschten unnen? Hopp! Bonz unnen, Bonz owen*, voran gemaach!«

Wie Pfeile schossen die Burschen bergunter, sie verschmähten die vielfach gewundene Fahrstraße, auf steilen Richtwegen schnitten sie die Serpentinen ab; polternd, prasselnd stürzte ihnen loses Geröll nach. Auch die gesetzteren Männer eilten sich, eine plötzliche Ungeduld hatte sie alle ergriffen, das Blut floß nicht mehr träge in den Adern, es kreiste unruhig und stieg ihnen zu Kopf.

Heller und heller flimmerten unten die Lichtchen, sie warfen einen trauten Schein aus den engen Kammerfenstern. Voran, voran! Süße Vogelstimmen piepten im Nest. Voran, quer durchs Brombeergestrüpp! Da saß schon eine weiße Hauskatze auf der Lauer, sie sprang nicht fort, sondern stieß den sammetweichen Kopf schnurrend gegen die sie streichelnden Hände. Aber weiter – die warteten!

Der Berghang wimmelte von dunklen kletternden Gestalten. Nun kam der letzte Absatz, man rutschte, man glitt, man sprang – nun lag das Dorf ganz nah, melodisch tönte das »Muh« einer Kuh, ein sehnsüchtig langgezogener Liebesschrei.

Noch atemlos begann Lorenz zu schmettern, da war keiner, der nicht mit einstimmte:

»Kommen wir in dieser Nacht,
Fein Liebchen, fein!
Seid ihr tot oder lebt ihr noch,
Fein Liebchen, fein?« – – –

Da war schon das erste Haus.

»Will das Mädchen net obstohnn,
Fein Liebchen, fein!
*So wollen wir's in die Blotz drohn***
Fein Liebchen, fein!« – – –

* Kopf über, Kopf unter ** in die Pfütze werfen

Immer lauter wurde der Gesang, er schwoll an und wuchs und drängte:

»Will das Mädchen sich net tummeln,
Wollen wir die Tür auftrummeln« ---

Horch! Ein heller Schrei: »Jesses, die Mannsleit!«

Die Tür des ersten Hauses war aufgeflogen, ein Weib in Unterrock und halb geöffneter Taille stürzte heraus, mit einem Satz stand sie mitten unter den Männern, wild sah sie sich um – wieder ein Aufkreischen – da, sie stürzte dem einen an den Hals.

»Jesses, Hubert, lao biste! Komm erein, Mahn, komm erein! Ech haon uf dech gelauert! Dag on Naacht, onsen Hährgott waaß et. Gelowt sei de Jongfra Maria!« Sie bekreuzte sich und ihn. »Könner, Könner« – schon sprang sie wieder zur Tür »Könner, dän Vadder es elao!« Sie zog ihren Mann hinter sich drein, kaum daß sie ihm Zeit ließ, den Kameraden zuzunicken; sie hielt ihn so fest am Ärmel, als fürchte sie, ihn gleich wieder zu verlieren. Die Frau mit dem schon faltigen Gesicht, mit dem schlaffen Busen und den Zahnlücken zeigte die Glut einer Zwanzigjährigen.

»Se sein hei, se sein hei!« Nur dieser eine Ruf, und alle Häuser waren plötzlich belebt, alle Fenster hell, alle Türen geöffnet. Kinder, in Hemden und barfüßig, wie sie aus dem Bett gesprungen, standen auf der Schwelle; Frauen und Mädchen eilten auf die Gasse. Der weiche Sommernachtwind spielte mit ihrem halbgelösten Haar und den hastig übergeworfenen Kleidern. Laternen tauchten auf vor den Ställen, in den Höfen, im Wirtshaus wurden alle Lampen angezündet; Peter Krumscheid stieg eilig in den Keller und stach ein Faß an. Die Straße wimmelte von Menschen, wie mit Zauberschlag waren sie alle erschienen, alle umringten die Ankömmlinge. Das war ein Gesumm, ein Lachen, ein Geschrei. »Se sein hei, se sein hei!«

Lorenz Schneider stand an der Ecke am Prellstein. Hier ging's hinein in ein dunkles Gäßchen, erst zwischen Stallwänden, dann zwischen Hecken – nichts rührte sich darin, – und da war die Straße, hell vom Lichtschein, der aus den geöffneten Fenstern und Türen fiel. Alle, die er kannte, standen da umher, aufgeregt, lachend und schwatzend; die Weiber hatten die Männer untergefaßt, die Mädchen begrüßten ihre Schätze.

Immer wieder suchten seine Blicke; enttäuscht fing er leise an zu fluchen: Dunnerkiel, wo war das Bäbb? Schlief sie schon so fest, daß sie den Lärm nicht hörte? War sie ihm untreu geworden? Da mußte er doch lachen, war denn hier wohl ein Mannsbild gewesen, um das sich's verlohnte, ihn zu vergessen?! Er ärgerte sich; warum kam sie denn nicht? Ob er vielleicht nach ihr fragte?

Vor dem Wirtshaus hatten sich die ganz jungen Mädchen, die heurigen Hasen, in einer Reihe aufgepflanzt; neugierig und ein wenig neidisch guckten sie zu, wie die älteren Schwestern und Bekanntinnen mit ihren Burschen abzogen. Die Augen funkelten ihnen im Kopf, sie brachten die Mäuler nicht zusammen. Sie stießen sich mit den Ellenbogen an und kicherten, als Lorenz nach ihnen hinsah.

Den Schnurrbart aufdrehend, trat er zu ihnen. Das Gekicher wurde stärker. – »'n Aowend, dir Mädercher!«

»Boschur, Lorenz«, sagte keck die erste.

»Tina?« fragte er erstaunt. Zu Weihnachten war sie noch halbwüchsig gewesen, und jetzt trug sie einen langen Rock und sah ihn an mit dreisten, unbewußt begehrlichen Augen. »Es dat Bäbbche net mieh hei, Tina?« fragte er hastig. »Lenzen Bäbb?«

Tina zeigte lachend ihre weißen Zähne. »Ech waaß net!« Mutwillig blinzelte sie den Gefährtinnen zu, er fühlte seine Hand ergriffen, kräftig geschüttelt und dann festgehalten. In einem Augenblick hatten ihn die Mädchen umringt; er stand mit Tina in der Mitte, die anderen hopsten im Kreis, ausgelassen wie junge Böcklein, um ihn und die Dirne herum.

»Dommhaaten! Laoß los!« Unwirsch suchte er sich frei zu machen.

»Autsch, autsch!« Tina schlenkerte ihre Finger, gleich darauf packte sie ihn aufs neue; wie ein Wall stemmten sich die Mädchenleiber ihm entgegen.

»Schneidersch Lorenz, kucktelhei, Schneidersch Lorenz! Hahah, hahahaha!« Sie lachten wie die Tollen; dem Burschen schwirbelte es vor Augen und Ohren, er wurde hin- und her gerissen, von einer gegen die andere gepufft, Tina hing sich an ihn, er wurde sie nicht los, nirgendwo konnte er den Kreis durchbrechen.

»Dunnerknippchen, noach ehs, wuh es dat Bäbb?« stieß er mit einer letzten Anstrengung heraus.

»Bäbb hin, Bäbb här,
Bäbb, dat is en Zottelbär – hahaha –!«

Immer dichter umdrängten sie ihn, immer schallender wurde das Lachen, immer wilder das Drehen; er fühlte Tinas Hände an seinem Rock, sie preßte ihm seine beiden Arme fest an den Leib. Jedesmal, wenn sie aufhüpfte, kitzelten ihn ihre krausen Haare unter der Nase, ihr Gesicht kam dem seinen ganz nah. Da, ehe sie sich's versah, hatte er die Arme frei; er schlug sie ihr um die Taille, und ein derber Schmatz brannte ihr auf dem Mund.

Sie schrie hell auf und wandte sich zur Flucht; mit lautem Gekreisch stoben sämtliche Mädchen davon, er hinterdrein. Hier suchte er noch eine zu fassen und da eine – die Röcke flatterten – jetzt waren sie, um das Wirtshaus herum, im Dunkel verschwunden.

»Verflixte Rotznaosen«, schimpfte der Bursche, und doch schmunzelte er dabei. Die Tina war gar nicht garstig, noch schmeckte er ihre frischen Lippen. Er schnalzte mit der Zunge, sein Durst war erwacht – wo blieb die Bäbbi?

Langsam kehrte er zu seinem Prellstein zurück, in verdrossenen Gedanken blieb er dort stehen. Da – er schreckte auf, jemand zupfte ihn von hinten am Ärmel. Am Eingang des Heckengangs stand eine weibliche Gestalt.

»Bäbbchen?« fragte er zweifelnd. Sie kam ihm so wenig schlank vor, Lenzen Bäbb war lang nicht so völlig gewesen. »Bäbbi?«

»Heihin!« Schon zerrte sie ihn hinein in das dunkle Gäßchen; es schien ihr noch nicht dunkel genug, sie schob ihn hinter die Regentonne an der einen Stallwand. Jetzt schlang sie die Arme um ihn und küßte ihn, daß ihm der Atem verging. Sie gebärdete sich wie närrisch, lachte und schluchzte und drückte ihn, ohne ein Wort zu reden; ihre warme Brust bebte an der seinen, schwer hing sie ihm am Halse. Immer wieder preßten sich ihre Lippen auf seinen Mund, sie saugten sich förmlich daran fest.

Ein lange nicht gekanntes Wohlgefühl durchrieselte den Burschen – so küßt doch nur der Schatz in der Heimat! Sein Blut, durch das eilige Wandern und hastigen Trunk ohnehin erhitzt, schäumte über; nun war er es, der sie immer mehr hinein ins Dunkel drängte und gegen die Stallwand preßte. Er erstickte sie fast.

»Lorenz«, ächzte sie endlich, »laoß!« Ein schmerzlich zitternder Seufzer folgte.

»Bäbb«, flüsterte er zärtlich, »mei Mädche! Eweil sein ech widder hei, eweil wolle mer ons verlustieren. Dat gitt en Pläsier! Komm!« Er zog sie kosend dem Ausgang des Gäßchens zu. »Komm ehs zom Krumscheid, ech traktieren dech!«

»Jao, jao.« Sie schmiegte sich fester an ihn und drängte ihn doch immer wieder tiefer hinein ins Dunkel.

»Nä, nä«, flüsterte sie dann hastig und verlegen, »ech kann net ehnder met der giehn, ech moß der erscht ebbes saon.«

»Wat dann? Waorom kannste net met mer giehn?« Er hielt sie von sich ab, etwas erstaunt; nun fiel ihm auch sein Verdruß von vorhin ein. »Waorom haste mech e su lang lauern laossen, dau sakramentsch Dingen? Wollste mech for en Naorr halen? Eweil es et schuns e su spät, ech han Honger on Dorscht!« Von einem plötzlichen Ärger erfaßt, rüttelte er sie. »Haste geschlaof?«

»Nä, nä!« Sie drängte sich wieder ganz dicht an ihn. »Ech wollten der nor vorerscht ebbes saon. Saog« – wie von einer dringenden Notwendigkeit getrieben, faßte sie seine Hand – »wanneh wolle mir onsen Hillig* haalen?«

»Waorom?« fragte er verwundert und beunruhigt zugleich. Und dann nach einer Pause des Bedenkens: »Zo Christdag; wat fraogste? Wann ech Vormann gänn!«

»Nä, ehnder«, sagte sie rasch und küßte ihn heftig. »E su bal als mië̈lich**! Ech moß der ebbes saon.« Jetzt flüsterte sie, aber

* Hochzeit ** möglich

ihr Flüstern war eindringlich, jedes Wort hob sich deutlich heraus: »Ech sein im sechsten Monat!«

»Kreizdonnerparaplüi!« Es entfuhr ihm so wider Willen – das kam zu plötzlich! Er stieß sie zurück und erhob die Hand wie zum Schlag. »Maach! Gott verzeih mer de Sünd – dau Onglöcksmensch!«

Sie fing an zu weinen.

Stumm stand er neben ihr und schob den Hut von einem Ohr auf das andere.

Auf der Straße war der Lärm verstummt, auch die Helle war weg, die Türen hatten sich hinter den Glücklichen geschlossen. Kein Mensch mehr draußen, die meisten saßen im Wirtshaus. Jetzt tönte da der Jubel; bis in den dunklen Winkel hinter der Regentonne verirrte sich das Gläserklingen und Juchzen.

Die Sterne waren aufgezogen, immer mehr entfalteten sie ihren Glanz. Nachttau fiel, man hörte ihn in den Hecken tropfen; dazwischen klang leises Schluchzen. In dem verschleierten, bleichen und doch durchdringenden Licht, das vom Himmel niederzitterte, sah Lorenz zum erstenmal deutlich die entstellte Gestalt seines Mädchens.

Mit einem »Dunnerkiel!« fuhr er zurück, aber gleich darauf streichelte er die Weinende.

»Kreisch net, Bäbbchen«, sagte er gutmütig, er war heute nun einmal in einer so weichen Stimmung. »Kreisch net e su, domm Dingen! Wat passiert es, es passiert, duh kann niemand neist dran ännern. Sonndag es Peter on Paul, dän erschten Kirmesdag; onsen gaastlichen Hähr verkünn ons, ein for allemaol. Hän es su ebbes gewehnt, annere han aach schuns Malör gehatt. Mir maachen stracks Hochzeid, on dann« – er kratzte sich hinterm Ohr – »jao, dann es dän Urlauw zu End. Mir Bochumer han zehn Dag, de annern von Dortmund on Steele han aach net länger. Äwer uf dän Momang mösse mir redur kommen. Kreisch net, Bäbb!«

Er schlang den Arm um ihre Hüfte; langsam wandelten sie den Heckengang weiter.

Rechts Gärten, links Gärten. Obstbäume hängen ihre Zweige über dichte Weißdorn- und Wildrosenhecken; zuweilen wechseln sie ab mit morschen Bretterzäunen, die sich schief neigen und ihren modernden Holzgeruch mit dem süßlichen Duft der Gebüsche mischen.

Wie zwei Schatten schleichen die Liebenden unterm Blätterdach dahin, von weißlichem Dunst in einer Wolke umschwebt. In dem nahen Wiesengrund erheben die Frösche ein leidenschaftliches Liebeskonzert; jetzt verstummen die auch. Nichts regt sich, nichts lebt scheinbar rundum, und doch ist ein stummberedtes Fordern in der Frühsommernacht, eine warme treibende Sehnsucht.

Stärker und stärker fällt Tau, silbrig glänzt er auf den Gräsern und auf den gesenkten Scheiteln. Wie ein feuchtes Tuch legt es sich um die heißen Gesichter, um die heißen Glieder; schauernd schmiegen sich beide Gestalten fest aneinander. Sie stehen still und küssen sich, im schmachtenden Sternenlicht scheinbar in Eins verschmolzen.

II.

Die Männer von Eifelschmitt hatten nie viel Zeit; rasch wurde geliebt, rasch wurde gefreit. Zweimal im Jahr – im Winter zu Weihnachten, im Sommer zu Peter und Paul – kamen sie heim ins enge Salmtal. Sie konnten da nicht ihren Lebensunterhalt verdienen; der Erwerb ist knapp in der Eifel, karg hängen die Äckerchen an den Bergen, lang sind die Winter, kurz die Sommer.

Es war kurz nach dem deutsch-französischen Kriege. Das Aufblühen der rheinischen Eisenindustrie machte das Heranziehen vieler Arbeitskräfte notwendig.

So hatte ein Agent irgend einen Eifelschmitter hinausgelockt, der kam zu Besuch heim, Geld in der Tasche; nun zogen die anderen hinter ihm drein, wie die Schafe hinterm Leithammel. Vater, Sohn, Gatte, Bruder, alles wanderte aus nach Westfalen und tief ins Rheinland, wo auf der meilenweiten Ebene düstre Fabrikstädte sich zusammendrängen und mit ihrem nie stockenden schwarzen Atem aus Riesenschornsteinen den Himmel anfauchen. Die Luft ist dick vom Kohlenstaub, die reinen Wolken selbst sind angegraut; ewiger Rauch, Geprassel, Gerassel, Gekeuch, Geächz, Gestampf, Sausen von Rädern, Schnauben von Maschinen, Pfeifen von Lokomobilen, Pusten und Stöhnen von Dampfkesseln. Kein Rasten, kein Ruhen. Zur Nachtzeit bricht lodernde Glut aus Riesenbauten, an den Öfen stehen Männer, nackt bis zum Gürtel, heiß und berußt wie Teufel, die Höllenfeuer schüren. Schweißtropfen rinnen, Funken sprühen.

Hier konnte man die Eifelsöhne finden: umglüht von Flammen, eingeengt von Mauern, sehnsüchtig des Heimathimmels gedenkend, der sich rein und kühl über den Eifelkuppen wölbt; unter dem die wohnen, die ihnen das Leben gegeben; die auf sie warten, denen sie die Ehe versprochen, oder die sie schon gefreit haben; wo die Kinder nach den Vätern verlangen.

Aber dann die Heimkehr! Durchjubelte Tage, durchjubelte Nächte. – – –

Heute saßen sie alle bei einander im Wirtshaus. Der alte Krumscheid mit seinem vertrockneten Holzgesicht kommandierte hinterm Schenktisch. Ein ganzes Regiment Weiber war zur Bedienung gedungen; mit lachenden Gesichtern, flink wie Wiesel, liefen die Dirnen ab und zu. Bald wurde die von ihrem Schatz gerufen, bald jene; dann setzte sie sich für zwei Augenblicke neben ihn, wohl auch auf seinen Schoß, trank aus seinem Glas und ließ sich die glühenden Wangen streicheln.

Die schmalen Holzbänke längs der gescheuerten Tische waren dicht besetzt. Mann reihte sich an Mann. Nur wenige Frauen waren da, die kamen erst gegen Abend, wenn das Tanzen losging und die Musik; wenn das Vergnügen so groß wurde, daß der Boden dröhnte vom Stampfen der Füße, Bänke umpolterten, Gläser in Scherben klirrten.

Auf dem Platz vor der Kirche, um die paar Buden, darin Halsketten, Fingerringe, Rosenkränze, Lebkuchenherzen und Gerstenzuckerstangen feilgeboten wurden, trieben sich Kinder herum, große Stücke Kirmeskuchen in den Händen, die mit Blaubeerenmus beschmierten Mäuler begehrlich gespitzt. Es hockten auch ihrer welche auf der Kirchentreppe; bliesen in die neuen Trompeten oder zeigten einander die vom ›Pappa‹ mitgebrachten Puppen.

Noch war die Straße feiertäglich still. Hinter den kleinen Fenstern putzten sich die Weiber; das vom vormittäglichen Kirchgang her übers Bett gespreizte Sonntagsgewand wurde einer eingehenden Musterung unterzogen. Wer noch ein besseres Kleid hatte, zog's heute nachmittag an; glücklich die, die was Neues antun konnte, das der Mann oder der Schatz mitgebracht. Die Haare glänzten vom Strählen mit Wasser und Fett, die Röcke rauschten, die Gesichter waren blankgerieben, die Ohren rot.

Die Sonne fiel schon schräg ins Tal und malte huschende, rasch verschwindende Goldkringel an die weißgetünchten Hauswände.

Die sich bauschenden Röcke sorgsam gerafft, spazierten jetzt Mädchen am Wirtshaus vorbei, immer hin und her. Kinder balgten sich um den besten Platz vor den Fenstern, schleppten Steine herzu und Schemel, krochen hinauf und drückten die Nasen an den Scheiben platt.

Drinnen in der Schenkstube, die zugleich den Kramladen des Orts vorstellte, war die Luft dick, durchwürzt vom Duft eines ganz infamen Knasters. An den geschlossenen Fensterscheiben krochen summende Fliegen und drehten sich oben an der Decke in surrendem Spiel.

Man war noch ziemlich schweigsam, der erste Kirmestag verlief immer am wenigsten stürmisch. Doch jetzt – lautes Halloh!

»Hä, Pittchen! Helao, Pittchen! Uf dein Spezielles, Prost!«

Peter Miffert war eingetreten; das linke Bein etwas nachziehend, näherte er sich langsam dem ersten Tisch. Nicht jeder reichte ihm die Hand; er schien das gar nicht zu bemerken, er hatte für alle das gleiche halb gutmütige, halb verschmitzte Lachen. Als sie zusammenrückten, ließ er sich auf dem schmalen Plätzchen am Ende der Bank nieder. Er sagte nicht: »Röckt noch ebbes« – er sagte: »Met Verlöw« und placierte seine Beine so bequem als möglich unter dem Tisch.

»No, Pittchen«, rief Niklas Densborn, einer der älteren, der obenan saß, »wat schaffste? Dau giefst jao fett wie en Hammel! Dat glauwen ech der, dau has jao aach en Läwen wie onsen Hährgott in Frankreich!«

»Spaor dei Red«, schrie Thomas Laufeld, ein stämmiger Bursche mit einer Stupsnase. »Dän kann dat Läwen jao bal net mieh mantenören*! Kucktelhei dat Pittchen!« Er brüllte, um sich in dem Gelächter verständlich zu machen, packte den neben ihm sitzenden Miffert beim Handgelenk, streifte ihm den Ärmel zurück und hielt gewaltsam den mageren Arm in die Höhe. »Kucktelhei, Haut on Knochen, ke halw Pündche Fleisch!«

Peter strebte, sich frei zu machen, aber ohne Gewalt, ganz sanft; sein hübsches Gesicht lächelte noch immer.

»Laoß de Dommhaaten«, sagte er gelassen. Laufeld brüllte weiter, er schien einen besonderen Ingrimm zu hegen.

»Dau tätst aach besser, dau gingst met ons uf die Arweit. Wat hockste hei bei de Fraleider?! Kuck« – er hielt seinen fleischi-

* ertragen

gen Arm neben den dürren des Peter und schlug sich auf die herausgedrückte Brust, daß es klatschte – »dat es en Kerl! Dat micht de Arweit, on wann mer net alleweil de Menscher am Schörzenzippel hängt! Dau deierlicher* Schmachtlappes, dürr wie en Axtstill, dein Fra haot dech wohl« –

»Mein Fra aus em Spill«, sagte Miffert plötzlich und machte eine kurze Bewegung, als ob er eine Fliege wegscheuche – da lag auch schon der Laufeld unter der Bank, wie niedergeschmettert.

Man half dem Gestürzten auf; ganz verdutzt stand er da und klopfte den Staub von seinen Hosen. Die anderen lachten, einige schimpften.

»Dürr wie en Axtstill, äwer Kraft wie en Ochs«, brummte anerkennend Niklas Densborn; und dann sich zu Miffert wendend, der dasaß, als ginge ihn all das nichts an, sagte er vorwurfsvoll: »Et es en Schand, Peter, dat dau net erunner maachst in die Fabrik; dau has Schlosser gelernt, dat kömmt der lao zo paß. On guden Verdienst gitt et lao unnen; hei owen kannste Hongerpoten kötschen**!«

Miffert zog das Maul schief; er sah unbeschreiblich faul aus in der nachlässigen Haltung, mit der etwas hängenden Lippe und dem schläfrigen Blick unter schweren Lidern. Er sprach auch schläfrig, kaum daß er die Zähne voneinander brachte:

»Dir wollt mech wohl pisacken?! Hei« – er wies auf sein lahmes Bein – »dat es mer zu schanierlich, ech kann net e su trawalljen*** wie en annern.« Seine Stimme wurde kläglich: »Ech haon dat Wieh im Enkel; ech haon et met uf de Welt gebraacht, lao es neist bei zo maachen!«

»Ojeh, Alfanzerei«, schrie Mathesen Martin und schlug auf den Tisch, daß die Gläser sprangen, »wat micht dän for Fisematenten! Wieh im Enkel – haha, wän dat zweifelt°. Laoß de Komedi, faules Luder. Schlaofen on erum lungern on de Weibsbiller karessieren, dat es sein Gu°°!«

Miffert verzog keine Miene, er hatte die Ellenbogen aufgestützt und guckte in sein Glas.

»Hän is faul, faul, dat et stinkt!«

* erbärmlich ** Hungerpfoten kauen *** arbeiten ° glaubt °° Geschmack

»Jao, jao«, stimmte der vorhin zu Boden geworfene Laufeld eifrig bei. »Faul wie de Sünd! Sitzt im Dreck on röhrt sech net!«

»Ehnder gänn Brameln* Weinbeeren, als dat Pittchen arweiten duht«, schrie irgendeiner.

Die ganze Gesellschaft stimmte zu: »Jao, Brameln gänn ehnder Weinbeeren, hahahaha!«

Peter Miffert lachte selbst mit, ein lautloses Lachen, das ihn aber inwendig ordentlich stieß; er kniff die Augen zusammen und schüttelte sich.

»Waorom sollen ech mech e su abrackern«, sagte er dann gutmütig, »dat Läwen es korz, mir haon nor einmaol Pläsir dervon. Wat de gaastlichen Hähren aach saon, wat mer haot, haot mer. Uf dat, wat mer versproch krieht« – er lachte verschmitzt und stieß einen leisen Pfiff aus – »dat gilt en Dreck!«

Die Männer sahen ihn verdutzt an. Er ließ seinen schläfrigen Blick, in dem es zu funkeln begann, reihum gehen.

»Wer waaß, wie bal hän verspillt haot! Ech muß en Dauer met eich haon, ihr Leit, daß dir eich e su schindt. Awer jeder naoch senem Ehs**!« Er zuckte die Achseln.

Sie nickten betroffen. »Recht haot hän!« Auf viele Gesichter lagerte sich ein plötzlicher Ernst; da waren Falten eingegraben, Furchen, wie im aufgewühlten Acker, die man vorher nicht gesehn.

»Mer moß sech schinnen, on wat haot mer dervon?« murmelte der Densborn und ließ die Faust schwer niederfallen.

Eine Weile schwiegen sie alle, dann sagte der Densborn mit einem Seufzer: »Äwer et es doch emaol net anners. Hal dei dreckig Maul«, schrie er plötzlich Pittchen an, »dau schandlusen Kerl.«

Dieser musterte mit pfiffigem Lächeln die stumpfen Gesichter. »Mer moß wissen, wän mer dreiwt, wann mer en Esel vor sech haot!« sagte er.

Sie verstanden ihn nicht – was wollte er damit sagen? Sie sahen nur sein spöttisches Lächeln, und das genügte. Die Köpfe wurden rot, eine gewisse Unruhe fuhr in die Beine, Fäuste ballten sich heimlich.

* Brombeeren ** nach seinem Geschmack

Ein paar von den jungen legten sich herausfordernd über den Tisch. »Wat? Wat? Esel –?! Esel haot hän gesaot! Wän es dän Esel? Hä, saog dat noch ehs!«

Ein Murren ging von einem Ende der Stube zum andern. »Esel, Esel!« Die Füße scharrten ungeduldig, die Augen funkelten, das Murren wurde grollender. Die schönste Prügelei schien in Aussicht.

Martin Mathes hielt schon drohend dem Miffert die Faust unter die Nase: »Maach!«

Pittchen duckte sich wie eine Katze. Aus seinen tiefliegenden Augen schoß ein versteckter Strahl, aber seine Stimme klang geschmeidig: »Wat willste? Wat haon ech dann gedahn?«

»Esel – Esel! Wir wollen dich liehren, Esel saon! Dau Hongerlieder. Saog noch ehs: Esel! Mir schlaon der alle Rippen im Leif dorch, datste ke Glied mieh röhre kanns!«

»Jesses, seid dir gäckig?« Peter tat sehr verwundert. »Esel – Esel wän haot ebbes von Esel gesaot?!« Er drehte den Kopf hin und her, als ob er jemanden suche. »Su ebbes von Ausverschämtheit! Wän kann sech onnerstiehn, ebbes von ›Esel‹ zo saon?!«

Er war ganz Empörung, Erstaunen und beleidigtes Ehrgefühl. Sein Gesicht trug den Ausdruck ruhiger Unschuld und harmlosester Verwunderung; mit offenem Lächeln sah er einen nach dem anderen an und hob dann sein Glas. »Zogott*, dir sollt läwen! Ech duhen der Bescheid, Nikla! Mathes! Thom! Zogott!«

Zögernd stießen sie mit ihm an; sie waren ganz unsicher geworden.

Peter seufzte und stützte den Kopf schwer in die Hand. »Jao, et es en dreckig Welt, ech haon et bal saat! Dir haot et noch gud, äwer ech arm Luder!« Er gähnte. »Ech kriehn neist von der Welt zo siehn. Mer hockt alleweil hei in der buckeligen Gäjend, on de Weibsbiller sein mer bis« – er fuhr mit dem Handrücken unterm Kinn her – »bis heihin!«

Das hätte er nicht sagen sollen, mißtrauische Blicke trafen ihn; da war besonders der Mathesen Martin, der schien ihn auf dem

* Zogott: statt »Prost« gebraucht

Strich zu haben. Man munkelte im Dorf, dem Mathesen sein Zweiter sei dem Pittchen wie aus den Augen geschnitten.

»Dau Faxenmaacher«, schrie Martin. »Glauwt net, wat hän babbelt! Dän de Fraleider saat –?!« Er lachte zornig. »Dau Filu!« Er sprang auf und ging drohend auf Miffert zu. »Hinner jeder Diehr sticht hän, an jeder Schörz hängt hän! Waart, ech will dech Conduiten liehren!« Rot vor Wut wollte er sich auf Peter stürzen, dieser blieb gelassen sitzen.

»Gemaach, gemaach, Martin«, mischte sich der Densborn ein, »laoß hän! Mir wollen ke Streit anfänken, heit am erschten Kirmesdag. Wat willste maachen? Wat geschehn es, es geschehn. Framenscher sein Framenscher. On Dag on Nacht allein! Mer moß en Dauer met ihnen haon. Dän elao« – er wies auf den Wirt hinterm Schenktisch – »dän on de paor annern alden Knackstiebel kannste doch net für voll rechnen!«

Der alte Krumscheid hatte trotz seiner Harthörigkeit verstanden; nun war er beleidigt. Er warf sich in die Brust und pustete die eingesunkenen Backen auf. »Dau Lausbub«, schrie er herüber, »kömmst hei erin geschneit on willst ebbes saon? Dattste net de Blaatz kriehst vor Eingebildhaat! Lao sein Mädercher genog, de nach mer kucken. Gäl, Nettche?!« Er kniff eine der Kellnerinnen in die Backe.

»Laoßt!« Das Mädchen schlug ihn derb auf die Finger. »Ech haon eweil ebbes Schieneres zo siehn, wie su en Stück Dörrflaasch!«

Brüllendes Gelächter dröhnte durch die Stube.

Miffert lachte nicht mit; er schlich vom Tisch weg, um sich unbemerkt zu entfernen. Er war schon an der Tür, da sprang ihm Mathes nach. »Hei gebliewen«, schrie er und drängte ihn zum Tisch zurück. Peter ließ sich drängen, er widersetzte sich nicht.

»Kucktelhei«, schrie der andere weiter, dem schon ein Rausch zu Kopf stieg, »dän Kalmäuser*! Dat es dän Bock, dän mir zom Gärtner gemaacht haon! Frißt de Blumen in anner Leit's Gaarten! Äwer hol dech in Aacht, dattste net ausgezaohlt giefs – dein Fra, dat Zeih, dat haot Aagen im Koap! Ech dähten er net drauen uf fünnef Schritt. In der Not frißt dän Deiwel Fliegen; äwer laoß

* Duckmäuser

nor en annern kommen! – Dat Zeih, dat es en staatsch* Luder, en schnipp-schnappig** Mensch, dat – –«

Ein furchtbarer Schlag auf den Mund ließ Mathes jäh verstummen, betäubt taumelte er zurück.

Mit sprühenden Augen und erhobener Faust stand Miffert; nichts mehr von schläfriger Trägheit war an ihm, ein lebendiger Mensch stand da, mit rollendem Blut in den Adern, jede Muskel straff. In grimmiger Wildheit biß Pittchen die Zähne aufeinander, und dann brüllte er: »Hal dei Maul!« Seine erhobene Faust sauste nieder. »Dat es für dat ›Luder‹ – on dat« – wieder hob und senkte sich die Faust – »dat es für dat ›schnipp-schnappig Mensch‹ – on dat – on dat – onnerstieh dech noch ehs!«

Wie der Hammer auf den Amboß, so sauste die Faust nieder – hierhin, dorthin – hei, waren das Schläge! Da mußten Funken sprühn und Eisen in Stücke gehn.

Kein Mensch hatte sich gerührt, starr vor Überraschung standen sie alle. Aber jetzt brach's los, mit Geschrei und Fluchen sprang man dem Mathes zu Hilfe. Pittchen wurde weggerissen; in eine Ecke gedrängt, wehrte er sich mit Händen und Füßen. Bänke stürzten um, Gläser klirrten zu Boden – Schimpfen, Lachen, Drohen, Schreie, Stampfen, Fluchen, Toben – da – die Tür ging auf!

Wie erschrockenes Hühnervolk in die Ackerfurche, wenn aufscheuchende Schüsse knallen, so fiel es in die Stube ein, mit Rauschen und Rascheln und Schwirren – die Weiber! Voran eine, die anderen alle durch ihre üppige Fülle in Schatten stellend.

»Schkandal?« rief Lucia Miffert fragend. Entschlossen stieß sie die vordersten beiseite, stellte sich vor ihren Mann und deckte ihn mit ihrer kräftigen Gestalt.

»Wat gitt et hei?« rief sie hell. »Ruhig, Pitter! Dao haste ebbes!« Sie teilte dem ersten, der wieder auf sie eindrang, eine Maulschelle aus, halb scherzhaft, halb im Ernst; jedenfalls zeichneten sich alle ihre fünf Finger auf der Wange des Getroffenen ab.

»Dunnerkiel!« Der Mann fuhr zurück und rieb sich das Gesicht.

* stattlich ** leichtfertig

»Kuckste«, lachte sie heiter, »dat kömmt dervon! Laoßt de Dommhaaten, heit wolle mir Pläsier haon, ihr Mannsbiller!« Aus ihren schönen runden Augen sandte sie einen vollen Blick über die ganze Gesellschaft, ihre weißen Zähne blitzten, ihre Stimme übertönte allen Lärm. »Jesses, die Mannsleit, e su ebbes! Haha! Haun sech wie de Könner! Hahahaha!«

Sie wollte sich ausschütten vor Lachen; ihre gesteiften Röcke raschelten, ihr braunrotes Sonntagskleid, das sich knapp über die volle Brust spannte, krachte in allen Nähten. »Hahahaha!« Wieder das Lachen. Es klang so lustig, so leichtherzig; es wirkte ansteckend, die Mäuler zogen sich breit, alle Gesichter grinsten. Die geballten Fäuste taten sich auseinander oder versenkten sich in die Hosentaschen.

Frau Lucia ersah ihren Vorteil; wieder sandte sie einen vollen Blick umher und wiegte sich lachend in den Hüften.

An der Tür standen die anderen Weiber zusammengedrängt, jetzt wagten auch sie sich heran; jede packte ihren Mann unter dem Arm, die Mädchen hingen sich an die Burschen. »Danzen! Danzen!«

Wie gerufen tönte in der Ferne Musik.

»Muhsik! De Muhsik!«

Das waren die Musikanten von Manderscheid, fünf Mann hoch kamen sie eben vom Berg herunter. Sie spielten sich selber zum Einzug was auf.

»De Muhsik kömmt! Helao, de Muhsik!« Die Kinder auf der Straße stießen ein gellendes Freudengekreisch aus, pfeilgeschwind rannten sie den Fünfen entgegen, umringten sie und begleiteten sie hüpfend und jauchzend zur Wirtshaustür.

Unentwegt fiedelnd und blasend, zogen die Musikanten in die Schenkstube; man ließ ihnen kaum Zeit, einen Trunk zu tun. Mit starken Armen schleppten die Männer die Tische auf die Straße, die Weiber rückten die Bänke längs der Wände – nun war der Tanzsaal fertig. Der schwenkende Rheinländer hub an, auf dem engen Platz drehten sich an die dreißig Paare auf einmal.

Das war ein Stoßen, Drängen und Puffen. Jeder wurde auf die Füße getreten und trat wieder; noch keine halbe Stunde war vergangen, und die Luft war undurchdringlich von Staub.

Man konnte kaum sehen; durch den Dunst schimmerten die glühenden Gesichter wie rote Flecke. Man öffnete kein Fenster nur die Tür stand offen, in dem dunklen Hausflur tanzten auch noch welche.

Lucia Miffert war eine begehrte Tänzerin; sie tanzte nicht leicht, man fühlte eine volle Last, aber gerade das war schön, man wußte, was man hatte, und sie verstärkte das noch, indem sie sich recht fest auf den Arm ihres Tänzers lehnte. Und dabei war sie nicht stumm wie die andren Weiber, die sich drehen ließen, immer mit dem gleichen feierlichen Ausdruck des Gesichts. Sie schwatzte und lachte, ihre lustigen Augen blitzten nah in die des Tänzers, ihr warmer Atem kitzelte seine Wangen; kein Wunder, daß die Männer sie immer fester und fester drückten.

Von einem Arm wanderte sie in den andren, ihre gesteiften Röcke wurden schlaff, das dunkle Haar hing ihr verwirrt ins Gesicht. Ihr helles Lachen übertönte die Musik; wo sich in den Tanzpausen die Männer am dichtesten zusammenknäulten, da stand sie.

Dem Peter wurde zugetrunken: »Prost, dat Zeih soll läwen!«

Mit verdrossenem Gesicht stand er hinter der Stubentür und folgte ihr mit den Augen. Er tanzte nicht mehr; als ein besonders helles Lachen die Musik überschrillte, hatte er mit einer heftigen Bewegung plötzlich seine Tänzerin stehenlassen, die er vorher, trotz seines lahmen Beines, mit viel Gewandtheit geschwenkt.

Die Männer tanzten mit Zigarre im Mund, über die Schulter der Tänzerin paffend; durch den undurchdringlichen Qualm bohrte Peter die Blicke – wo war sie? Mit wem tanzte sie?

Gerade jetzt schwenkte sie der Bursche, auf dessen Wange sie vorhin ihre fünf Finger abgedrückt; es schien dem Peter, als schmiege sie sich besonders fest an den, als flüstre der ihr was Verliebtes ins Ohr.

Mit einem Satz stürzte er sich auf das Paar; rechts, links im Gewühl Püffe austeilend. Nun hatte er sie erreicht. »Gief Obacht, Zeih«, sagte er, halb bittend, halb grollend, »tanz net e su vill, ons Josefche schreit sons de ganz Naacht!«

»Laoß hän schreien«, lachte sie und tanzte weiter. Sie hatte seiner nicht Acht.

Verzweifelt ging er vors Haus, er konnte das da drinnen nicht mehr mit ansehen.

Auf dem Prellstein an der Ecke saß ein altes Weib mit einem fest eingewickelten Kind auf dem Schoß.

»Kömmt se noch net?« kreischte sie Miffert entgegen. »Dat Könd gitt schuns ganz blao für Schreien!«

Er beugte sich über das quiekende Bündel. Die Augen hatte das Sechswochenkind geschlossen, aber das Mäulchen stand durstig offen, immer jammerndere Laute drangen daraus hervor.

Finster sah der Vater auf das verquollne Gesichtchen; langsam, in Gedanken, ging er dann zur Wirtshaustür zurück. Er schickte einen Knaben hinein. »Saog der Lucia Miffert, et soll ehs erauskommen. Äwer saog net, wän naoch er schickt«, schärfte er ihm ein. »Saog: et pressiert!«

Sie kam, die Wangen heiß, gerötet, schnell atmend, mit wogender Brust und geöffneten Lippen. Neugierig spähte sie aus.

»Dau –?! Wat willste?« fragte sie verwundert ihren Mann.

»Ons Josefche«, sagte er nur vorwurfsvoll und wies mit dem Daumen nach der Ecke hinüber. Klägliches Schreien kam von dort her.

»Jesses, ons Josefche! Dän hatt ech ganz vergäß! Mein arm Josefche!« Frau Lucia riß der alten Frau das Bündel vom Schoß wiegte es tänzelnd hin und her, setzte sich dann auf den Prellstein, knöpfte ihre Taille auf und legte das Kind an die volle Brust. Das hungrige Josefche war still; sie selbst lehnte den Kopf hintenüber an die Hauswand. Mit geblähten Nasenflügeln, schwer atmend, die Lider halb geschlossen, lauschte sie mit verzücktem Lächeln nach der Musik im Tanzsaal.

Es war noch nicht dunkel genug, Peter sah die weiße Haut schimmern, die so weich und sammetig war wie das Fell einer jungen Katze.

Zärtlich murmelte er: »Zeih, danz ehs met mer!«

»Gären, e su gären«, flüsterte sie, schlug die Augen auf und sah ihn voll an.

»Zeih – dau Framensch – ech – ech sein gäckig naoch der«, stieß er lauter hervor, zwischen zusammengepreßten Zähnen. »Saog, datste mech noch liew has – Zeih, saog et!«

Sein mißtrauischer Blick glitt zwischen ihr und der Wirtshaustür hin und her. Sie lachte so herzlich, daß das Kind wimmerte. »Ksch – ksch – hahaha!«

»Laoch net!« Er stampfte mit dem Fuß und sah sie von unten herauf unter zusammengezogenen Brauen an.

»Jesses Maria, wat michste für en Visasch«, sagte sie heiter. »Pittchen, ech sein eweil e su fidel! Dau wirst mer doch net dat Pläsier verfumfeien*? Pittchen!« Sie streckte die Hand aus und zog ihn zu sich heran; ihre Augen baten. »Sei net unkommod, Pittchen, et es jao nor om en klein Verännerung zo maachen. Ech danzen aach met der!«

»Su komm«, drängte er, »komm!«

Er ließ ihr keine Zeit mehr; lachend schob sie der Alten das Kind in die Arme, knöpfte ihre Taille zu, schüttelte ihre Röcke und hing sich an den Arm ihres Mannes.

Es dunkelte jetzt stark. Immer noch eilten Gestalten ins Wirtshaus; unter den Spätkommenden waren auch Lorenz und seine Verlobte, die heute zum ersten und letzten Mal Aufgebotenen.

Bäbbi sah verweint, aber doch strahlend aus; der Bursche weniger strahlend, mit einer gewissen gleichgültigen Energie gewappnet. Sie hatten heut einen schweren Stand gehabt, den ganzen Nachmittag hatten sie bei den alten Schneidersch um die Kammer neben dem Stall gebettelt; da sollte die junge Frau wohnen, wenn der Mann wieder über alle Berge war.

Noch schluckte Bäbbi an ihren Tränen, aber stolz erhobenen Hauptes ging sie an der Hand ihres Lorenz – wer konnte ihr jetzt etwas nachsagen?!

In der engen Tür stießen sie mit den Mifferts zusammen, etwas unsanft prallte Pittchen gegen die Braut. Sein Mund verzog sich,

* verderben

er zwinkerte pfiffig. »Helao, dat Lenzen Bäbb! Ech dachten, et wär en Luftballon!«

Lucia kicherte.

Lorenz schnob ihn wütend an: »Kehr vor deiner Diehr. Duh nor net e su, als ob dat Zeih alleweil uf'm Extrastiehlche gesäß hätt. On dau, dau sollst et doch sälwer wissen, dau Schörzenhänker –«

»Still biste!« Lucia legte ihm die Hand auf den Mund. »Net e su onmanierlich, mein Jong!« Ihre weichen, wenig verarbeiteten Finger drückten fest und warm, jedes zornige Wort starb dem jungen Mann auf den Lippen.

»Neist for ongud«, murmelte er. »Laoß los, Zeih!«

»Ech gradelieren der, Lorenz«, sagte sie freundlich; und dann sich mit ihrem strahlenden Lächeln zu Bäbbi wendend, schüttelte sie der herzlich die Hand. »Ech gradelieren der, Bäbb, dau sollst glöcklich gänn!«

»Merci!« Das Mädchen brachte den Mund nicht zusammen, die Gratulation machte ihr so viel Vergnügen. »Mir maachen kein groß Hochzeid«, sagte sie dann wichtig, »en Stöcker fünnefzehn oder zwanzig; äwer wenn dir forliew nehme wollt, et soll ons freien!«

»Merci!« Die Miffert knickste zierlich. »Met Verlöw, mir sein gären von der Pardi!«

Lorenz machte ein böses Gesicht – hatte der Pitter nicht auch einmal um sein Mädchen herumgeschnuppert? Die Bäbb hatte es ihm selber erzählt. Daß ihm das nicht eher eingefallen war! Wie lang war's her? Traue einer den Frauenzimmern! Er glaubte ein Blickewechseln zwischen den beiden zu bemerken. Zornig riß er Bäbbi mit sich fort: »Komm doch!«

Auch Peter sagte ungeduldig: »Komm!« Keine war doch wie seine Zeih! Er hätte mit ihr fort mögen, dahin, wo kein ander Mensch war; keiner sollte sie sehen, keiner sie lachen hören!

Als er mit ihr tanzte, preßte er sie, daß ihr der Atem verging.

Rund herum wirbelten die Paare. Immer rascher wurden die Tanzweisen, immer wilder schwenkten die Röcke, stampften die Schuh; die glattgeflochtenen Zöpfe lösten sich, hie und da hingen einer schon die losen Haarsträhnen über den Rücken.

Immer fester packten die Männer zu. Die kleine Tina hatte auch einen Schatz gefunden. Der stupsnasige Laufeld hielt sie in den Pausen auf dem Schoß und ließ sie aus seinem Glase trinken.

Heute nachmittag hatte sich das angebandelt. Tina hatte in ihres Vaters Garten gestanden und den Hals gereckt, als der Bursche vorüberkam. Ihre begehrlichen Augen zogen ihn an, er blieb stehen; die Arme auf den Zaun gestützt, sprach er zu ihr herüber. Sie war im hellen Staat, Blumen hatte sie vor die Brust gesteckt. Lange hatten sie miteinander geschwatzt, sie schnippisch, neugierig und verliebt, er im Ton eines Eroberers.

Nun war sie sein erklärter Schatz. Da konnten noch so viele kommen und mit einem Kratzfuß bitten: »Leih mer dei Mensch!« – nur er tanzte mit ihr. Er war galant und bestellte Wein, Bier und süßen Likör.

Sie trank alles durcheinander; zuletzt wußte sie nicht mehr, was sie sprach, was sie tat, sie saß unbeweglich und starrte mit glasigen Augen vor sich hin. Da führte er sie hinaus.

Das war kein Tanzen mehr, das war ein Rasen. Kein Takt, kein Schritt, kein Drehen mehr, nur ein wildes Durcheinanderhopsen. Lenzen Bäbb war mitten dazwischen. Der Lorenz war schwer betrunken, er wirbelte sie herum, daß sie gegen alles anstießen, gegen Menschen, Bänke, gegen den Schenktisch; zuletzt kam er mit ihr zu Fall. Kein Mensch half ihr auf; man stolperte über sie weg, jeder hatte mit sich zu tun, keiner stand mehr fest auf den Füßen.

Wer noch gehen konnte, stahl sich mit seinem Schatz zur Tür hinaus. Ein Paar nach dem andren schlich um die Regentonne an der Stallwand, hinein ins dunkle Heckengäßchen. – –

Und weiterhin die nächtlichen Felder in Tau und ahnungsvoller Dämmerung. Eine unendliche Reinheit ist in der Luft, eine unendliche Reinheit am Himmel; die Sterne funkeln in überirdischer Klarheit, ehe sie erbleichen. Unendliche Reinheit weht über die Berge, unendliche Reinheit steigt zu Tal. Mit angehaltenem Atem lauscht die Natur und schauert und bebt vor der unendlichen Reinheit des Morgens.

Horch! Im Dorf der erste Hahnenschrei! Er klingt wie eine Fanfare, wie ein Trompetenstoß zum Beginn neuer Lust. Der zweite Kirmestag bricht an.

III.

Es ist früh am Morgen, die Sonne noch nicht aufgegangen, nur über den Bergen im Osten rötet sich schwach eine Wolkenschicht. Grau liegt das Tal; von Frühnebel die Wiesen überwogt, wie von wallendem Wasser. Die Hähne schreien sich heiser, Hunde schlagen an. Ganz fern am Horizont blinkt noch ein Stern, ein schwaches Abbild früheren Glanzes. Drei Uhr.

So früh ist man sonst in Eifelschmitt nicht auf den Beinen. Heut klappen alle Türen; Weiber, notdürftig bekleidet mit Hemd und Unterrock, eilen hinaus in den grauen Morgen zum Brunnen. Feucht geht es nieder, als hätte es geregnet; die niedrigen Scheiben der Fenster sind dick angelaufen.

Aus jedem Schornstein kräuselt schon Rauch und steigt mühsam durch die schwere Luft zum farblosen Himmel.

Mit finster durchfurchten Stirnen stehen die Frauen am Steinherd und kochen den Kaffee; unterm hängenden Kessel schwelt das feuchte Reisig, der Dampf beißt in die Augen, daß sie weinen. Die Küche ist kalt, das Herz schwer wie Blei.

Drinnen im Ehebett liegt noch der Mann und wälzt sich in den Federn; er kann gar nicht herausfinden, der Kopf ist ihm schwer vom letzten durchzechten Abend. Er stöhnt und flucht.

Wie Gespenster schleichen die Weiber herum, blaß, übernächtigt, hohläugig; die blühendste Wange ist heute bleich, der lachendste Mund schmerzlich verzogen. Langsam tappen die bei der Kirmes müde getanzten Füße.

Der letzte Morgen!

Rasch, rasch, die Zeit vergeht! Noch haben sie weit zu wandern, und die Eisenbahn wartet nicht. Mit vor Hast ungeschickten Händen hilft die Frau dem Mann in die Kleider; Zärtlichkeiten werden nicht mehr getauscht, die haben sich erschöpft in den paar Tagen – und wozu auch? Er geht jetzt fort in die weite Welt, und sie bleibt sitzen im engen Tal. So ist's nun mal! Mit der gewöhnlichen Alltagsstumpfheit nimmt man schon wieder sein Geschick auf sich.

Die kleinsten Kinder nur schlafen noch, die größeren bringen Hut und Stock und stecken dem ›Pappa‹ noch ein Brot und ein Stück altbacknen Kirmeskuchen ins Bündel; sie wagen nicht zu sprechen, der Vater ist unwirsch, die Mutter haut beim geringsten Lärm zu.

Still, still! Als wäre ein Toter im Haus, so schleichen sie; winselnd schnuppert der Hund herum und drückt sich dem Herrn an die Füße. –

In der Kammer der jungen Schneiderschen Eheleute brannte noch das Lämpchen; es war so dunkel hier neben dem Stall, nicht Licht noch Luft kam durch das schmale Fensterchen.

Bäbbi wankte vom Herd zum Tisch, vom Tisch zum Bett, vom Bett zum Schrank, immer vergaß sie noch etwas. Nackt und kahl engten die rotgetünchten Wände die dürftige Kammer ein; wirr glitt ihr Blick darüber hin, ein Grauen kam sie an und war's gestern nicht noch hier wie ein Paradies?!

Sie war das rasche Abschiednehmen vom Ehemann noch nicht gewöhnt; vor zwei Tagen war erst die Hochzeit gewesen. Schluchzend sank sie auf den Schemel am Tisch: »Wanneh kömmste widder?!«

Lorenz saß ihr gegenüber, die Ellbogen aufgestemmt, und stierte in seinen dampfenden Kaffeenapf. »Kreisch net, Bäbbi«, sagte er endlich; aber es würgte ihn selber in der Kehle, seine Stimme war beklommen.

Sie sagten nichts mehr.

Die bunte Wanduhr in der Ecke tickte, der Zeiger rannte rasend schnell – schon zeigte es beinah vier. Eine fahle Dämmerung schlich durch den düstren Raum; Bäbbi pustete in das Lämpchen, daß es stinkend erlosch.

»Eweil giehn ech«, sprach er und stand auf.

»Noch net!« Sie hing sich an ihn, von einer verzweifelten Angst erfaßt. »Dau has noch Zeid, bleiw« – krampfhaft packte sie seine Hand – »bleiw noch ebbes!« Sie schrie laut auf: »Nor ein Minut!«

»Nä!« Er machte sich los. »Die anneren waarten!«

»Ech siehn dech gewiß net widder – Jesses Mari Juseb – ech graulen, wann ech stärwen moß!«

»Dommhaaten!« Mit verzognem Mund versuchte er zu lachen. »Haal dech gesond, on schreiw bal, hörste?! Adjes, Bäbb!« Er setzte sich den Hut auf und griff nach seinem Bündel, mit dem freien Arm zog er sie an sich. »Jesses, Bäbbchen, kreisch net e su! Bäbbchen, biste gäckig?! Bäbbche, mei liew Bäbbche!«

Wütende Küsse brannten auf seinem Mund, glühende Tränen flossen auf seine Wange, zitternde Arme hielten ihn umklammert. Mit Gewalt machte er sich endlich los.

Ganz benommen taumelte er zur Tür – noch ein Blick zurück, noch ein Kopfnicken – nun stolperte er über die Schwelle. Nun war er fort.

Sich aufbäumend stand das junge Weib in der Kammer – da, horch! – noch einmal seine Stimme! Er nahm Abschied von Vater und Mutter. Jetzt eilende Tritte – jetzt nichts mehr!

Mit furchtbarem Schreien warf sie sich vor der Bettstatt auf die Knie und verbarg das Gesicht in dem noch warmen Kissen.

Am Wirtshaus trafen sie sich alle; Lorenz war der letzte. Sie foppten ihn, daß er sich nicht hatte trennen können. Auch viele Frauen und Mädchen waren hier, die den Männern das Geleit geben wollten; mit verstörten Gesichtern und fröstelnd standen sie umher.

Oben, längs der Chaussee, auf der Höhe von Schwarzenborn, stand ein Busch, wie ein Haarschopf auf kahlem Scheitel; das war die Grenze, so weit gingen sie immer mit. Da war schon manche Träne auf den nackten Felsgrund gefallen, und der einsame Busch hatte wie eine dornige Wand letzte Umarmungen versteckt.

Niklas Densborn kommandierte zum Abmarsch, es war hohe Zeit. Noch ein Schluck aus der Branntweinbuttel, die der Krumscheid in die Runde reichte, und dann: – »Voran gemaach!«

Seine Frau am Arm ging der Densborn voran. Die Kathrine hatte schon manches Mal Abschied genommen, die verzog keine Miene. Bald war ihr ältester Sohn fünfzehn, dann wanderte er auch mit; 's war Zeit, daß er fortkam.

Trapp – trapp – – –. Hart tönen die Schritte auf dem holprigen Dorfpflaster. Trapp – trapp – das klingt wie Hammerschläge auf einen Sargdeckel.

Haus nach Haus vorüber; verödet bleiben sie alle zurück. Leer sind die Gärtchen, tränenschwer nicken die Blumen am Zaun. –

Stumm schreiten sie die Straße gen Schwarzenborn hinan. Alle Gesichter sind grau, alle Blicke trüb, traurig suchen sie den Himmel – oben auf dem Scheitel des Berges ragt der einsame Busch. Eine gelbliche Helle ist um ihn, die ihn dunkler erscheinen läßt, fast schwarz; scharf hebt er sich ab vom weiten Hintergrund des Himmels.

Und dieser Hintergrund färbt sich röter und röter; die wie träumend hingelagerte Wolkenschicht belebt sich, bewegt sich, wird durchschossen von rosenfarbnen Bändern, von goldnen Linien, von feurigen Blitzen. Alles Grau der Wolken ist schon verdrängt. Eine Flamme loht auf, voll, stark, groß – riesengroß – sie leckt himmelan mit gierigen Zungen, mit Windesschnelle greift sie um sich; auf dem Gipfel des Berges entfacht, schlägt ihre lodernde Glut höher und höher, breitet sich weiter und weiter.

Der Busch ist eine Fackel; jeder Zweig ist feurig durchglüht, jeder Dorn, jedes Blatt.

Er brennt, er brennt! Der ganze Berggipfel brennt! Der Himmel brennt!

Ein Riesenbrand ist entglommen, staunend schauert die Erde; ein Feuervorhang verhüllt den Himmel – da – jetzt – jetzt hebt er sich, er zerteilt sich! Ruhig, in majestätischer Größe schwebt ein Ball empor hinterm Felsgrat, eine goldne Scheibe, eine Welt voll Glanz – die Sonne!

Über Schwarzenborn stand die Sonne; und sie wanderten mitten hinein in die Flut von Licht. Der Goldglanz fiel auch auf die grauen Gesichter; die der Männer erhellten sich, die Frauen bedeckten die Augen mit der Hand.

»Voran gemaach«, rief der Densborn und hob mahnend die Hand. »De Sonn'!«

Und Lorenz stimmte den ›Abschied‹ an; er mußte singen, da saß was auf der Brust und in der Kehle, das mußte weg.

Er schmetterte der Sonne entgegen:

»Der, der, der, on der Abschied fällt mir schwer!
On die, die, die, on die Abreis' noch viel mehr!
Also fällt mir dieser Trost noch ein,
Ech kann net immer an einem Ort sein,
Mein Glück muß ech probieren,
Marschieren!«

Sie sangen alle mit:

»Hinaus, hinaus, zum engen Tal hinaus!
Wir haben hier gehauset im besten Saus und Braus;
Wir wünschen euch zu guterletzt
Ein andern, der die Stell ersetzt,
Damit sei'n alle Wunden
Verbunden!«

Gegen den Schluß fiel der Gesang schon etwas auseinander; die Weiber schluchzten, der einsame Busch war nah. Da war manch einer, der ein wenig zurückblieb und die Seine auf offener Straße umfing.

Die junge Tina hing Thomas Laufeld am Hals; er hatte sie in den Chausseegraben, hinter ein vorspringendes Stück Fels gezogen, da küßte er sie noch ordentlich ab. Die Augen funkelten ihr im Kopf, bei ihren Küssen biß sie, bei ihren Umarmungen kniff sie; immer, wenn sie ihn schon losgelassen hatte, stürzte sie sich noch einmal auf ihn.

Ihre kleine Schwester, die mitgelaufen war, zog sie am Rock: »Komm ehs, Tina!«

»Frech Ding!« Ein Schlag brannte auf der Wange der Kleinen, aber diese ließ nicht nach, sie zerrte die andre am Rock, dabei spitzte sie den Mund und lächelte den Burschen an: »Adjes, Thomas!« Der küßte zuletzt das hübsche Kind auch noch.

Die Kathrine Densborn reichte ihrem Mann nur die Hand, dann machte sie das Zeichen des Kreuzes.

»Jesus! Maria! Josef! Datste gesond widder kömmst! Zu Weihnacht – vergeß net! – för ons Trautche en Kleid von Kottong*, sechs Ehlen – äwer, dat de Farb net schanschört**! Ond för mech en Gedrucks, elf Ehlen, et es nor fünnef Viertel breit. Adjes, Nikla!«

»Adjes, Kättche! – Hä, allons***«, schrie der Densborn.

Lorenz wandte sich noch einmal zurück und schaute ins Tal hinunter; er schwenkte seinen Hut, eigentlich war ihm nun schon ganz leicht ums Herz. »Adjes, Bäbb«, murmelte er, und dann pfiff er hell. Da lag die Welt, sonnbeschienen, vor der Arbeit scheute er sich nicht, Pläsier gab's auch, zu Weihnachten kam man schon wieder nach Hause – warum denn grämen?!

Küsse, Umarmungen, Abschiedsblicke, Abschiedsworte. »Adjes, bring mer ebbes Schienes met!« – »Schreiw als bal!« – »On dau aach!« – »Bleiw gesond!« – »Grüß ons Könner!« –

Händeschütteln, Nicken, Winken. Trapp, trapp, fort geht's! Trapp, trapp! Hohl verklingen die Schritte, hinter der nächsten Erdwelle sind die Männer verschwunden.

Allein. – Da standen sie nun um den einsamen Busch, eine verlassene Herde. Der herbe Morgenwind wehte scharf übers kahle Plateau; er blähte die Röcke der Frauen, daß sie flatterten wie Flaggen, in der Not gehißt.

»Eweil sein se weg«, sagte eine und starrte trübselig hinter den Entschwundenen drein.

* Kattun ** changiert *** gehen wir

IV.

Peter Miffert saß vor seiner Tür auf dem Bänkchen. Die Beine hatte er weit von sich gestreckt, die Hände hielt er in den Hosentaschen; behaglich schabte er den Rücken an der sonnendurchwärmten Hauswand.

Still war die Luft, sehr heiß; zwischen den Bergwänden hatte sie sich gefangen und kochte und brütete da, wie in einem Kessel. Kein Windchen rührte sich, die Bäume regten kein Laub, lautlos schlängelte die Salm ihr sehr schmal gewordenes Silberband gen Himmerod hin.

Hier herauf zur letzten Hütte, abseits von allen übrigen, drang kein Ruf, kein einziger Hall. Im Sonnenbrand lag weiter unten das Dorf, ohne Leben, wie versunken in einen Märchenschlaf; seine kleinen, weißen Häuser, blendend im flimmrigen Licht, duckten sich scheu im engen Tälchen.

Peter dehnte und räkelte sich; dann saß er ganz still, die schweren Lider fielen ihm noch tiefer über die Augen, die Mütze ruschte ihm bis auf die Brauen, er gähnte, daß man seinen allerhintersten Zahn sah. Willenlos wackelte sein Kopf nach der linken, nach der rechten Schulter, dann sank er ihm auf die Brust. Pittchen schlief. – – –

Frau Zeih war heut nicht zu Hause; ein Reisender in Knöpfen, Litzen und Kleiderstoffen hatte das Dorf passiert, auf dessen Wagen war sie in aller Frühe mit dem Kind zu ihren Verwandten nach Manderscheid gefahren. Sie hatte die Gelegenheit benutzt.

Peter hatte sie vors Wirtshaus gebracht und abfahren sehen, hatte dann beim alten Krumscheid einen gekippt und war dann langsam nach Hause geschlendert, um die Ziege und die Hühner zu füttern. Eben wollte er sich von dieser Anstrengung erholen, da kam der Hubert, der Enkel vom alten Steffes, gerannt; der Pflug war nicht in Ordnung, die Stoppel sollte gepflügt werden, es pressierte!

»Gieh nor als voran, ech kommen e su bal als ech kann«, sagte Pittchen wichtig und schob den kleinen Boten zur Tür hinaus. Dann lachte er in sich hinein – das sollte ihm fehlen, bei der Hitz sich auch noch mit Arbeit echauffieren! Morgen war auch noch ein Tag, vielleicht war's da kühl genug.

»Uf, dat es en Strawatz!« Er riß das Hemd auf der Brust voneinander und warf sich querüber, mit den Stiefeln, auf das noch ungemachte Bett. Mit schläfrigen Augen starrte er zur niedrigen Decke auf, die der Rauch schwarz gebeizt hatte, an der die Spinnweben in langen Festons hingen, und dachte an seine Frau. Donnerwetter, sah die staats aus, als sie bei dem Reisenden auf dem Wagen saß! Wie 'ne Dam! Ihr bestes Kleid hatte sie an, auf Kleider hielt sie was; wie lange lag sie ihm schon in den Ohren um ein neues! Und einen Hut hatte sie auf, den hatte sie sich zurechtgestutzt mit allen möglichen Bandschnippelchen; halbe Tage konnte sie sitzen und an so was herumputzen. Aber wie stand ihr der auch! Unter dem Strohrand mit den blauen und roten Schlupfen lag das dichte Haar schön wellig an den Schläfen; bis auf die Augenbrauen, die wie ein dunkler Strich über die lustigen, hellen Augen zogen, hing es in glänzenden Kräuseln. Dem Reisenden war auch das Wasser im Mund zusammengelaufen, das hatte der Peter wohl bemerkt.

Kotzdonner, war er nicht ein großer Esel, daß er die Zeih mit dem fremden Mannskerl allein fahren ließ?!

Er zog die Stirn kraus; in einer ärgerlichen Unruhe sprang er auf – da – es klopfte schon wieder!

Die Tür ging auf; ohne ein ›Herein‹ abzuwarten, steckte Tina Pötsch den Kopf in die Stube. Schlau lächelnd sah sie sich um.

»Es dat Zeih net derhäm?«

»Nä!« Er sagte es ziemlich grob; sie kam ihm ungelegen, er hatte so viel nachzudenken.

Wie ein Kätzchen schlich sie sich näher, ihre Augen funkelten. »Es dat Zeih metgemaach bis nao Manderscheid?«

Woher wußte sie das? Er sah sie verwundert an.

Sie sagte nichts, aber ihr Lächeln verriet sie. Aha, die hatte aufgepaßt!

Sie stand vor ihm, den Kopf zur Seite geneigt, und blinzelte ihn an. Er konnte nicht umhin, sie hübsch zu finden; das helle Kopftuch stand ihr gut zu dem bräunlichen Gesicht, einen Mund hatte sie, so rot wie eine Kirsche.

»Wolltste ebbes vom Zeih?« fragte er viel freundlicher.

»Nä, von Eich«, sagte sie keck, hob ihren Rock auf und krabbelte lange in der Tasche ihres Unterrocks. Dabei wandte sie keinen Blick von ihm und lächelte ihn an mit ihrem Kirschenmund.

Endlich brachte sie ein kleines Paketchen zum Vorschein, mit spitzen Fingern wickelte sie die Zeitungspapierfetzchen auseinander. Ein Schmuckstück war darin, ein vergoldetes Kreuzchen, die Gestalt Christi als winziges Püppchen hing daran.

»Kuckt!« Sie legte es vor ihn hin und beugte sich zugleich über seine Schulter.

Er nahm es prüfend in die Hand; das Kreuzchen war verbogen, unten ein Stück abgebrochen. »Wat sollen ech dermit?«

»Heil maachen!«

»Dat kann ech net.«

»Ojeh« – sie lehnte sich von hinten her fest an ihn – »wän dat zweifelt! Se saon, Ihr seid e su gescheidt, Ihr haot dat Tolent, Ihr könnt ales maachen!«

»Laoß mech gewärden*«, brummte er.

»Dat Pittche haot heit kei gud Schur**«, lachte sie. »Schnauzt mech doch net e su ahf!« Sie griff über seine Schulter nach dem Kreuzchen und streifte dabei zart seine Wange. »Kuckt, lao maacht Ihr ebbes Neies dran – wupptich, su schnell wie gespauzt*** – ons Hährgöttche es färdig!«

»Dau Fladdiererin°«, schmunzelte er und strich ihr die Wange. »Saog ehs, Mädche, von wem haste dat Hährgöttche? Von deim Schatz?«

»Nä, nä.« Sie tat sehr verschämt. »Ech haon ken Schatz. Ech sein eweil noch vill zo jong!«

»Hm, hm.« Er betrachtete sie interessiert. »On dän Thomas Laufeld – no?!« Er kniff sie augenzwinkernd in den Arm.

Sie schlug ihn auf die Finger. »Autsch! Bah, dän domme Jong.« Sie warf die Lippen auf. »Eweil es dän weit weg, waaß

* ungeschoren ** keinen guten Tag *** gespuckt ° Schmeichlerin

Gott, wat dän micht! Et gitt'r aach noch annere – haha!« Sie lachte hell und neigte sich ganz zu ihm hinüber.

»Dao haste rächt in«, stimmte er zu.

Sie gefiel ihm immer besser, er begriff nicht, daß er nicht längst mit der Tina angebändelt hatte; so jung wie die war keine von den andren – und Augen hatte sie! Da kam selbst die Zeih nicht gegen an. Die hier hatte brennende Zündhölzchen im Kopf, mit denen flackerte sie ihm ins Gesicht, als wollte sie sagen: ›Brenn dich an; ich brenn' schon lichterloh!‹

»Dau Racker«, sagte er, zog sie an sich und küßte sie mitten auf den Mund.

Sie erwiderte seinen Kuß, und dann kicherte sie: »De Katz es net zo Haus, eweil haon de Mäus frei danzen! Dat Zeih –«

»Dat Zeih«, unterbrach er sie rauh; es schien, als wolle er das Mädchen von sich drängen.

»Ojeh«, kicherte sie, »dat Zeih werd sech aach schuns amesieren, dän Hähr waor e su onöwel net!« Sie sah ihn von der Seite an. »Puh, maacht ken e su garschtig Visasch – köß mech, sons kössen ech dech!«

Sie warf sich ihm so stürmisch an den Hals, daß er hintenüber auf einen Schemel fiel. Ihre brennenden Augen sahen ihm gierig ins Gesicht, ihre Lippen schimmerten blutrot über den spitzigen Zähnchen – das war die junge Katze, die erst kürzlich das Rauben gelernt, auf deren Zungenspitze noch der Blutgeschmack des ersten Fraßes schwebt und sie lüstern auf neuen macht.

Sie saß auf seinem Schoß, ihre Arme umstrickten ihn fester, fester. Er dachte nicht daran, sich zu wehren. Junger Most berauscht am meisten; und dazu kam die geschmeichelte Eitelkeit.

Es war ein heißes Schäferstündchen in der schmutzigen Stube unter der rauchgeschwärzten Decke. Das Herrgöttchen lag am Boden, achtlos trat Tinas Fuß darauf; der goldne Zierat knirschte unter dem nägelbeschlagenen Schuh. Sie achtete es nicht, sie hörte auch nicht das Huschen unterm Fenster und das Kraspeln auf der Schwelle.

Jetzt öffnete sich die Tür spaltbreit, grade weit genug, daß Tinas Ebenbild, Schwester Billa, den Kopf hereinstecken konnte.

Ihre altklugen Kinderaugen sahen alles. Mit einem Wutschrei fuhr Tina auf, Peter stand sehr betroffen.

»Dau sollst erunner kommen.« Billa riß die Tür sperrangelbreit auf. »Äwer tutswit*!«

»Maach, datste weg kömmst«, schrie die andre und ballte die Faust.

»Bäh!« Billa streckte ihr die Zunge heraus und rannte dann fort mit Geschrei, den Weg zum Dorf hinunter. »Ech waaß ebbes! Helao, ech saon et, ech saon et!«

Tina wie eine Furie hinterdrein.

»Kreizgewieder!« Pittchen sah ihr verdutzt nach; Hören und Sehen waren ihm vergangen.

»En hongrig Laus beißt am stärksten«, brummte er, und dann schloß er seine Tür. Der Schweiß stand ihm auf der Stirn, es war ihm sehr warm geworden.

Er hockte sich auf den Schemel und stützte den Kopf in die Hand. – ›Dat Zeih werd sech aach schuns amesieren!‹ Jetzt, wo er wieder zur Besinnung gekommen, peinigte ihn der Gedanke: Wo war die Zeih jetzt? Was trieb sie? – – –

Da – »Kreizdunner«, fluchte er – schon wieder Klopfen!

Ei, da kam die Mutter vom Hubertche selber, die junge Frau Steffes, die allein mit dem alten Großvater hauste; der Mann war unten in der Fabrik.

»Ech haon als ons Hubertche geschickt«, stammelte sie atemlos und setzte sich auf einen Schemel, »wollt Ihr net kommen?«

»Gewiß, gewiß«, versicherte er. Die Annemarie Steffes war eine hübsche Frau, keine von den großen, aber munter und wohlgeformt wie eine Wachtel.

»Et is pressant«, sagte sie und legte die Hand auf die heftig wogende Brust; gelaufen mußte sie sein wie der Wind, sie war hochrot und keuchte.

Und doch schien es ihr jetzt nicht zu eilen; behaglich sah sie sich um und musterte die armselige Stube.

»Dat Zeih es net zo Haus?« sagte sie dann.

»Nä.«

»Et es nao Manderscheid?«

* sogleich

»Jao.«

»Duh kömmt et wohl erscht diesen Awend widder?«

»Jao.«

»Jesses, on dir haot niemand, dän Eich ebbes for zo äßen kocht! Nä, su en Fra, läßt dän armen Mahn ganz allein!« Sie schlug die Hände zusammen. »Es et menschenmiëlich?!«

Er nickte, es tat ihm wohl, bemitleidet zu werden, während seine Frau mit dem Reisenden durch den einsamen Wald fuhr. Ja, die Zeih, die ließ ihn schön im Stich! Aber wart, das wollte er der eintränken!

»Su en armen Mahn«, rief die Steffes wieder, sie konnte sich gar nicht beruhigen. »Äwer waart, ech duhn Eich ebbes schikken; oder – Pittchen, wißt Ihr wat? Kommt bei ons, mir haon heit ebbes extra Feines: Grombieren* met Griewen** on Kaabes***! On en Flasch Bitburger spendieren ech aach derzu!«

Das Wasser lief ihm im Mund zusammen, so gut hatte er lange nicht gegessen.

»Kommt nor«, sagte sie dringend und kam auf ihn zu.

Er wischte sich mit dem Handrücken über den Mund, und dann legte er den Arm um ihre Taille und zog ihre Gestalt an sich. »Dat es net zo veraachten«, seufzte er.

Sie spitzte den Mund und lehnte sich an ihn. »On des Dauner Käs haon ech aach noch derhäm!«

Donnerwetter, Dauner Käs! Den aß Pittchen für sein Leben gern. Dauner Käs! Er drückte ihr einen Kuß auf den Mund, daß es schallte. Sie küßte wieder. Kuß auf Kuß. Sie packte ihn beim Kopf, sie war heiß und rot, ihre Hitze steckte ihn an – da – sie schreckten auseinander.

Von der Tür her sagte jemand: »Met Verlöw«, und die Kathrine Densborn stand mit spöttisch verzogenem Mund in der Stube.

»Exkusört°! Ech kommen wohl onpaß bei der schienen Onnerhaalung? Ech haon gekloppt on gekloppt!«

Sie warf einen verächtlichen Blick auf die kleine Steffes.

»Dau has wohl kein Ohren mieh?! Dein Könner kreischen, dat mer se hunnert Schritt weit hört. Dat Sußche es de Trepp erunner

* Kartoffeln ** Grieben *** Kohl ° Entschuldigt

gefaal, dän Jakob on dän Johann haun sech. Dat Hubertche haot met Steiner naoch ons Äppeln geschmiß, duh haot em ons Hannickel ordentlich de Bux verwixst; eweil haste ebbes zo flicken!«

»Jesses Maria!« Die Steffes rannte zur Tür, auf der Schwelle drehte sie sich noch einmal um: »Komm dau mer ehs, dau ale Schatehk!«

Die Densborn lachte grimmig. »Dau denkst: ›Besser half geleiert, als ganz gefeiert‹ – dech kennen ech nau, dau mannsdoll Mensch! Waart, ech schreiwen deim Mahn e Briefche, dat hän sech net hinner dän Spiegel sticht!«

»O dau – dau –« Die Steffes wollte noch etwas sagen, aber die Densborn schob sie über die Schwelle und krachte die Türe zu.

»Gemaach, gemaach«, sagte Peter; er war ärgerlich, die junge, saubere Frau war ihm bei weitem lieber als die starkknochige ältliche.

Entrüstet wandte sich die Kathrin gegen ihn.

»Ech moß mech siehr wonnern, dat Ihr Eich met su aner inlaoßt! Duh es dat Zeih doch en anner Persohn, su alert und freindlich on artlich im Omgang, on de Schienste weid on breid!«

Sie lobt die Zeih über alle Maßen. Peter war ganz verdutzt, er hatte nie geahnt, daß die da was von der Zeih hielt – im Gegenteil. Aber es schmeichelte ihm gewaltig, daß die angesehene Densbornin seine Frau lobte.

Er lächelte und strich sich den Schnurrbart. »Womit kann ech ufwaarten, Fra Densborn?«

Ihr Gesicht mit den breiten Backenknochen und der zu Leder verbrannten Haut schmunzelte. »Ech wollten Eich nor fraogen, ob Ihr net e su gud sein wollt, on mer de Adreß an dän Densborn schreiwen, ech haon net e su en schien Handschriwt. On de annren hei sein e su ongebildt, se können net emaol ihren eignen Naomen schreiwen, dat mer hän läse kann. Hei!« Sie zog ein Briefcouvert aus der Tasche, hinten sorgfältig mit Siegellack verklebt; der Fingerhut hatte als Petschaft gedient.

»Nä, wat Ihr geliehrt seid«, sagte sie bewundernd, als er die Adresse schrieb und noch einen kecken Schnörkel unter das ›Densborn‹ zog. »Ihr könnt besser, wie dän Hähr Lährer zo

Oberkail; äwer dat es aach schuns e su en Alden, de Alden sein for neist mieh notz. Wat bin ech Eich schullig, Pittchen?«

»Neist, neist«, beeilte er sich zu versichern; er war immer galant, wenn er sich dabei nicht allzusehr anzustrengen brauchte.

»Merci, merci! Kommt doch ahf on an, on drinkt e Dröppche; von meim Bruder onnen an der Musel hammer noch e Fäßche im Keller.« Sie drückte ihm die Hand und sah ihn dabei an mit breitgezogenem Mund und sanften Blicken der sonst so strengen Augen, daß ihm ganz bänglich wurde. Er war erleichtert, als sie ging.

Aber noch hatte er keine Ruh, das Gelauf nahm kein Ende.

Da waren noch mehrere gekommen, die schwarze Vrun, die blonde Leis, und zuletzt des Mathesen Martin Frau, die Traut; die hatte über ihren Mann geklagt, daß sie der schimpfe und mit Eifersucht quäle, sie hatte geweint und geschluchzt und Pittchen an ›früher‹ erinnert.

Mit der einen lachen, die andere trösten und – alle karessieren, das war ein bißchen viel verlangt! Pittchen schwirbelte der Kopf, er war ganz abgemattet; kein Wunder, daß er nun vor seiner Hüttentür saß und schlief. –

In der heißen Mittagsluft summten honigbeladene Bienen, ein starker, fast strenger Geruch stieg von den Wiesen um die Salm auf; sie standen hoch im Gras, längst tat ihnen das Mähen not.

Auf den Äckerchen an den Hängen schimmerten weiße Kopftücher, wie hellere Flecken auf blaßgelblichem Grund – da schafften jetzt die Weiber.

Aber keine Sense blitzte und legte in langen Schwaden das Korn nieder; die Weiber rutschten auf den Knien und schnitten den Roggen mit der Sichel, wie man Gras schneidet. Sie arbeiteten hart, der Schweiß rann in Strömen; das Hemd klebte, naß zum Auswinden, am Leib, die braunen Beine, von den Stoppeln zerkratzt und zerstochen, steckten nackt unterm kurzen Rock.

Kein Mann zwischen den Arbeitenden; nur hier und da saß so ein Alter am Grasrain, als Aufseher, und stopfte sich die Pfeife, oder ein paar halbwüchsige Jungen hetzten mit ›Hot und Hahrüh‹ eine magere Kuh, die mühsam den Pflug durch die Stoppel schleifte.

Glühend heiß der Sonnenprall an die steilen Wände; mager, mager die Erdkrume, darunter harter Fels. Erbärmlich das Getreide; in winzigen Mandeln stand es da, dünn im Stroh, gering in der Ähre.

Auch Bäbbi war bei der Arbeit. »Jesses«, sagte sie und richtete sich, schwer atmend, aus ihrer gebückten Stellung auf.

Die alte Schneidersch, die hinter der Schwiegertochter das Korn raffte, keifte: »Voran gemaach! Sei net e su faul!«

»Ech kann net mieh!«

»Ech kann net mieh«, äffte die Alte nach. »Hammer dech dafor in de schiene Stuw einloschiert? Hei gieft net gefaullenzt! Mir haon ke Gäld, om onnötze Mäuler zo fudern!«

Bäbbi verbiß die Tränen; es wollte sich ihr wie ein Schrei aus der Kehle ringen: ›Wenn das der Lorenz wüßt'!‹

Aber sie schwieg, mit der Schwiegermutter war nicht gut Kirschen essen. Neulich, als der Lorenz Geld geschickt, hatte die es wie selbstverständlich an sich genommen; der jungen Frau, die schüchtern ihr Teil verlangte, wurde grob über den Mund gefahren.

Lenzen Bäbb hatte keinen Anhang, ihre Eltern waren tot. Der alte schwachköpfige Lenzen-Ohm, bei dem sie halb als Tochter, halb als Magd gewohnt, hatte ihr das, was er ihr vermacht hätte, zur Hochzeit ausgezahlt; nun war das verjubiliert, kaum für die notwendigsten Anschaffungen war etwas geblieben.

›Wenn er doch hier wäre! Wenn er bald wiederkäm'!‹ Das war der Stoßseufzer, der sich stündlich von Bäbbis Lippen rang; mit einer verzehrenden, krankhaften Sehnsucht gedachte sie seiner, Tag und Nacht. Schwer wie die Bürde ihres Leibes schleppte sie ihr Leben hin. ›Wär' er nur wieder da!‹

In der Ecke ihrer Kammer machte sie mit Rötel jeden Abend einen Strich an die Wand – wieder ein Tag vorüber! Noch hundertzwei Tage, dann kam er!

Die Sichel in der Hand, auf den Knien liegend, starrte das junge Weib traumverloren in den blendenden Sonnenflimmer.

Nebenan auf der Stoppel pflügte die Tina Pötsch. Sie hatte ihre beiden jüngeren Geschwister, den dreizehnjährigen Karl und die vierzehnjährige Bill in den Pflug gespannt; nur wenige im Dorf konnten sich das leisten, die meisten arbeiteten den Acker mit der Hacke um. Stolz schwang sie die Peitsche, mit einer besonderen Wollust hieb sie sausend durch die Luft. Das Schnurende traf Billa am Hals, mit einem Aufschrei drehte die sich um.

Tina lachte.

»Waart, dau frech Dingen«, kreischte die Jüngere wütend.

Tina lachte noch immer.

»Hü, hott, meine Peerdches!«

»Ech sein net dein Peerd!« Billa warf sich in der Furche nieder.

»Hü, hott! Willste ziehn?!«

Sie blieb halsstarrig in der Furche liegen, kein Peitschenschlag trieb sie zum Aufstehen; aber als Tina hinter dem Pflug vorsprang und sie mit dem Fuß in die Weiche stieß, packte Billa zu. Ihre Finger krallten sich in Tinas Wade, mit einem Aufkreischen riß sie die Überraschte zu sich nieder. Sie wälzten sich beide auf der Stoppel.

Karl, nicht faul, nahm die Partei der jüngsten Schwester; es war ihm gelungen, sich loszusträngen, nun warf er sich über die beiden Mädchen, auf Tinas Rücken mit den Fäusten trommelnd. Billa, zu unterst am Boden liegend, erstickte fast unter der doppelten Last.

Das war aber alles noch Spaß, in das Gekreisch mischte sich Lachen; jedoch nun wurde es ernst.

Tina hatte den Bruder ins Bein gekniffen, dafür riß er sie an den Haaren; mit der einen Hand zerrte er ihren Kopf in die Höhe, mit der anderen Faust schlug er ihr ins Gesicht. Das Blut floß ihr aus der Nase, das Wasser aus den Augen; sie schrie laut.

Verschiedene kamen herzu und umstanden die Wolke von Staub, in der sich die drei wälzten. Die Meinungen waren geteilt.

»Dat schadt dem Tina neist, wann dat ordentlich wat uf de Schnöß krieht«, sagte eine.

»Jesses, hän haut se kappores!«
»Speck on Schwart sein von einer Art – die duhn sech neist!«
»Haal dem Jong de Bein fest, hän trampelt dat Bill zo Schannen!«
»Ä wat, Onkraut vergieht net!«
»Et blut jao!«
»Hilf! Hilf!« kreischte Tina. Ihr Hilfeschrei gellte weit über die Äcker.
Von allen Seiten liefen jetzt neugierig die Weiber herbei.
»Wat es passiert? Wän schreit e su? Kuckt elao! Jeßmarijusep!«
»Et es en Schand«, rief die Densborn, »dat dir dat Tina half dud schlaon laoßt! Krieht hän beim Schlawittchen! Läßte los, dau infamichte Karnallij!« Sie zerrte den Jungen am Bein.
»Laoßt hän nor«, schrie die Steffes gegen, »kömmert Eich erscht om Eiren Jong! Dän Karl haot ganz rächt, dat Tina pisakt se Dag on Naacht. Wän onschullige Könner schlät, es sälwer Prüjel wert. Eier Hannickel soll mer nor kommen! Hän haot dat Hubertche geschlaon, dat em ale Rippen wieh duhn; ech verklaogen hän bei de Hähren vom Gericht, on Eich derzu, Eich scheinheilig Luder!«
»Wat – wat«, zeterte die Densborn, »Ihr wollt noch räden?! Su en Mensch, su en mannsdoll Mensch, su en« – in der Wut versagten ihr die Ausdrücke – »dat zu de Mannsleit rennt, e su bal als de Fra net derhäm es! Pfui!« Sie spuckte aus. »Su en –«
»Et es net waohr, et es net waohr«, kreischte die Steffes; sie war blutrot im Gesicht und wirbelte auf die große starkknochige Gegnerin zu. »Ihr seid nor neid'sch – jao, neid'sch! Haha!« Sie lachte krampfhaft. »Ihr wollt sälwer gären, Ihr« –
Die andre schlug ihr auf den Mund: »Liegnersch!«
»Ihr wollt sälwer gären – haha – alde Schatehk!«
»Haha! Alde Schatehk!« Wie einen Schlachtruf nahmen die jüngeren Weiber das auf.
Die schwarze Vrun, die blonde Leis gesellten sich zur Steffes; sie hatten längst einen heimlichen Groll auf die Densborn, die allem nachschnoberte. »Annemarei, dat es rächt! Laoß der neist gefaalen, Annemarei! Dat scheel Luder maant, et könnt hei kommandieren?! Su hammer net gewett! Olau, Schatehk,

alde Schatehk! Hahahaha!« Ein nicht endenwollendes Gelächter pflanzte sich fort.

Die paar, die noch arbeiteten, erhoben sich auch von den Knien; in großen Sprüngen stürzten sie herzu, die Sichel in der Hand schwingend, mit flatternden Röcken und Geschrei.

Da wurden Haare gelassen!

Kathrine Densborn hatte Annemarie Steffes am Schopf gepackt.

»Dau mannsdoll Mensch, dau – saog et noch ehs – dau!«

»Neid'sch, dir seid neid'sch! Alde Schatehk!«

»Liegnersch!«

»Wolltst sälwer gären!«

»Waart, ech will dech liehren!«

Der Kampf wurde ernsthaft. Die große Gegnerin schüttelte die kleine wie ein Bündel Kleider; diese schlug mit Händen und Füßen aus. Ließen sie sich einen Augenblick los, um Atem zu schöpfen, gleich stürzten sie wieder aufeinander.

Schreie, Schimpfworte, Kreischen, Lachen, ohrenbetäubendes Geschnatter.

Zwei Parteien hatten sich gebildet, Frau stand gegen Frau; so manche hatten heimlichen Groll auszufechten, es waren nicht mehr die Densborn und die Steffes allein, die aufeinander losgingen.

Die Geschwister Pötsch waren vergessen. Karl, die Hände in den Taschen seiner zerlumpten Hose, sah grinsend dem Tumult zu; Billa lag heulend am Boden. Tina wischte mit dem Handrücken das Blut von der Nase, dann schlich sie mit funkelnden Augen dem Weiberknäuel näher. Sie hatte auch ihre Feindinnen darunter – rasch der Steffes ein Bein gestellt! Warum hatte ihr die vorhin nicht beigestanden?!

Nun steckte sie mitten drin im Kampf; die blonde Leis, das Bäschen von der Steffes, und, mit ihren goldnen Zöpfen, Tinas gefährlichste Nebenbuhlerin – war sie nicht erst vorhin aus Pittchens Tür geschlichen? – versetzte ihr eins.

»Hol dech in Aacht, dau Schleckermaul«, zischelte Tina hinter zusammengebißnen Zähnen.

»Dau Rotznaos«, schrie die Blonde verächtlich; sie war um ein oder zwei Jahre älter.

»Dau öwerstännige Kwetsch*!«

»Dau unreifen Appel!«

»Ech roppen der dein rot Börschten** aus!« Tina griff kräftig in die goldnen Zöpfe.

»Vrun, Vrun«, rief Leis die Freundin zu Hilfe. »Komm ehs här! Gief dem dao eins hinnen druf, ech halen derweil der verliewten Katz de Poten!«

»Hal dau dein Schnöß! Vrun, komm bei mech«, schrie Tina. »Ech saon der, dat Leis – Vrun, Vrun! – et es heit beim Pittchen gewest, et haot zom Pittchen gesaot: et hält dech für en Naor! Vrun, Vrun!«

»Wat?!« In einem Augenblick hatte sich das Blättchen gewendet, die Schwarze kehrte sich gegen die Blonde. »Beim Pittchen gewest? Mech für en Naor halen? – O dau falsch Dingen!«

Mit triumphierenden Augen sah Tina zu, wie die beiden Freundinnen auf einander losfuhren.

Das war ein Spektakel! Ein Lärmen, ein Schimpfen, ein Schreien. Vom Berghang tönte es nieder zum Tal, an Pittchens Hütte vorbei – der schlief ruhig weiter – und brach sich schallend an der jenseitigen Höhenwand.

Sie hörten alle nicht das Mittagsglöcklein; nur Bäbbi. Die stand abseits und starrte mit großen traumverlorenen Augen ins Gewühl. Früher hätte sie auch frischweg am Kampf teilgenommen – aber jetzt?! Es war alles untergegangen in der großen Sehnsucht.

Als das Glöcklein läutete, bekreuzte sie sich; die Sichel entfiel ihr, langsam sank sie auf die Knie und faltete die Hände. Was tat der Lorenz wohl jetzt? Dachte er jetzt auch an sie? – – Wär' er doch erst wieder hier – ach! – – –

»Steh uf«, schrie die alte Schneidersch sie an. »Schläfste?« Die Alte hatte sich auch am Zank beteiligt, besonders mit dem Mundwerk; sie hatte aber auch bald darin ihren Meister gefunden, nun ergoß sich die ganze aufgestaute Flut von Scheltworten über die Schwiegertochter, diesen Dorn in ihrem Auge.

* überreife Zwetschge ** Bürste

Mit einem wilden Ingrimm fuhr die Alte auf sie los. Es wurde Bäbbi nichts erspart; laut und gellend, vor aller Welt, wurde ihr ihr Fehltritt vorgeworfen. Kein Mädchen war je so schlecht gewesen, so lumpig, so armselig und so berechnend dazu. Was hätte der Lorenz für Partien machen können, aber sie hing ihm ja wie ein Klotz am Bein, merkte es gar nicht, daß er sie gern losgeworden wäre – ja, er hatte sie satt, der Mutter hatte er's vertraut!

Schwerfällig richtete sich Bäbbi auf, stumm, mit düstren Augen hatte sie auf den Kampf der Weiber gestarrt – Heulen, Schreien, geschwungene Fäuste, verzerrte Gesichter, ein wildes Durcheinander erregter Gestalten – jetzt schien sich auch ihr Blick langsam daran zu entzünden. Als die Schwiegermutter schloß: »Hän haot dech saat, saat bis zom Ekel, hän wünscht dech, wuh dän Pfeffer wächst«, flammte er auf.

Sie kehrte sich gegen die Alte, raffte die Sichel auf; ihr Gesicht glühte, ihr Auge glitzerte unheimlich, ein irres wildes Lachen rang sich aus ihrer gequälten Brust. Sie hob drohend die Sichel – aber, da, sie ließ sie wieder fallen. Statt dessen schwang sie die Faust und schmetterte sie nieder auf den Rücken der Schwiegermutter, daß der Hören und Sehen verging.

Die Alte knickte in die Knie, schützte den Kopf mit beiden Armen und schrie laut.

Hageldichte Schläge. Die Alte duckte sich und wand sich wie ein Wurm, Bäbbi stand über ihr gleich einer Rächerin, totenbleich, die Lippen fest aufeinandergepreßt. Sie schlug darauf los mit einer Art von Befreiung, von Erlösung.

»Hör uf«, kreischte die Alte, »ech zeig dech an! Ech fluchen der!«

Ununterbrochen fielen die Schläge.

»Hör uf, ech saon et dem Lorenz! –«

»Lorenz –!«

Jammernd, beschwörend, bittend zugleich schrie Bäbbi den Namen nach; der erhobene Arm fiel ihr zur Seite, sie starrte verwirrt drein, als erwache sie aus einem Traum. Ein Zittern, ein Rütteln ging durch ihren ganzen Körper; sie schwankte, die

Füße schienen sie nicht länger zu tragen. Mit einem dumpfen Laut schlug sie die Hände vors Gesicht.

V.

»Bimmel, bimmel, bimmel« tönt das Glöckchen der Kirche. Sein dünner heller Klang fliegt durchs Dorf und steigt an den Talwänden in die Höhe; oben von Schwarzenborn antwortet ein anderes Glöckchen. »Bimmel, bimmel, bimmel« – Vesper.

Auf den Steinfliesen der Kirche lag Bäbbi. Ihr Gesicht war blaß, ihre Augen rot, vom Weinen dick verschwollen. Sie hob die Hände zu dem Marienbild, das in der Nische des Seitenaltars stand; weiße und rote Papierrosen umkränzten die Heilige, ein paar dünne Kerzchen flackerten ihr zu Füßen.

Kein Mensch war sonst mehr in der Kirche. Die braunen Holzbänke standen leer; hie und da war ein Gebetbuch liegengeblieben, ein buntes Heiligenbildchen steckte als Zeichen darin. Derbe Lederschuhe hatten vom Kot der Dorfstraße mit hereingeschleppt; die ausgetretenen Fliesen vor dem Marienbild waren am meisten beschmutzt, da hatten die Weiber vorhin gekniet, die Stirn tief gesenkt, unablässig die Lippen bewegend.

Ein Gewitter war am Nachmittag aufgezogen, rasch kam es, ungeahnt, ohne vorherige Anzeichen; schwarz war der Himmel, schwer wie Blei. Er drohte mit Hagel. Angstvoll schauten die Frauen aus – sollte das schon die himmlische Strafe sein für den heutigen Zank?

Sie glichen heute alle blessierten Kriegern nach der Schlacht; einen Kratz, einen Stoß, einen Schlag, einen Tritt hat jede wegbekommen. Mit funkelnden Augen waren sie vom Acker heimgekehrt, Schimpfworte, Verwünschungen auf den Lippen. Die Hüttentüren wurden zugeschmettert, die Kinder verkrochen sich scheu, die Schüsseln klapperten – manch eine ging heut in Scherben; mit noch nicht gestilltem Zorn verzehrte man ein sehr verspätetes Mittagbrot, es schmeckte wie Galle.

Da – krach – der erste Donner!

Furchtbar rollte er im engen Tal; wie ein böses Tier im Käfig, das keinen Ausweg findet, so grollte er zwischen den Bergwänden. Krach, krach – Hall und Widerhall. Und der Himmel so drohend, und die Blitze niedersausende Schwerter.

»Jeßmarijusep!« Wie eine Herde Schafe, vom Wolf gescheucht, flüchteten sie in die Kirche. Da lagen sie auf den Fliesen und schlugen die Brust und beteten und seufzten zum Steinerweichen. Sie waren ganz zerknirscht.

»Maria, Jongfra voller Gnaden, bewaohr ons!«

»Heiliger Donatus, sänftig dat Ongewieder, dau kannst et! Heiliger Donatus, ech flehen dech an, laoß meine Gerscht net zu Schannen gänn – se stieht als in Mandeln!«

»Heilige Maria, Moddergotts, ech haon et net e su bees gemaant, wie ech dem frech Mensch eins appliciert haon. Dau wirst en Einsiehn haon – o liew Moddergöttesche, rechen et mir net an!«

Draußen kracht der Donner. Kanonenschüsse feuert er durchs Tal, von einem Ende zum andren.

»Gegrüßet seist du, Maria – hilf, hilf, heiliger Donatus!«

»Meerstern, ich dich grüße,
Gottes Mutter süße – –«

Der Tag ist schwarz wie die Nacht, in den Winkeln der Kirche hockt grauliche Dämmerung. Jetzt bebt der alte Bau – jetzt loht ein feuriger Blitz durch die Dunkelheit, noch feuriger durch das bunte Glas des Fensters, darauf das Bildnis des heiligen Donatus steht, mitten zwischen Blitzen. Ein gellendes Aufkreischen drinnen antwortet der dröhnenden Stimme draußen, immer lauter wird das Murmeln, immer rascher bewegen sich die Lippen.

»Heiliger Donatus, ech grüßen dech, gelowt seist du!«

»Maria, Moddergotts, bitt for ons!«

»O Maria, ech grüßen dech, dreiunddreißigtausendmal!«

Die Stirnen neigen sich bis auf die Fliesen; Gelöbnisse, Versprechungen werden den Wundertätigen gemacht.

Sie brauchten nicht allzulange mehr zu beten; so rasch wie es gekommen, so rasch ließ das Unwetter nach, es zog über die Berge ab in einem Hui. Vor der Kirchentür gackerten schon wieder die Hühner und scharrten nach Würmern, Spatzen schirpten vergnügt und lupften das nasse Gefieder. Die Jauche floß, durch den Regen von den Misthaufen weggespült, quer über die Gasse; aber am blauen Himmel stand schon wieder die Sonne und lachte.

Sie knicksten und bekreuzten sich noch einmal an der Kirchtür und tunkten den Finger ins steinerne Weihwasserbecken.

»Dunnerknippchen, waor dat en Wäder«, sagte die eine. Und die andre: »Deiwel aach, dat konnt en bees Onverlegenhaat gänn!«

Sie waren alle guter Dinge, lachten und schwatzten. Die Feindinnen sprachen wieder miteinander; mit Geschäker machte man sich selbander auf, aus dem Wald das abgeschlagene Dürrholz zu holen.

Bäbbi war allein zurückgeblieben. Ihr Murmeln hallte wider im einsamen Raum; sie hatte nicht beten können zwischen den andren, jetzt betete sie. Sie wußte selbst nicht, was sie sprach; Worte waren es kaum, nur ein Gestammel, ein schmerzvolles Lallen.

Flehend richtete sie den trüben Blick auf das Marienbild; das lächelte.

Sie nickte traurig – ja, die war rein und heilig, darum lächelte sie auch so stumm; die verstand so viel Sündhaftigkeit nicht!

»Erbarm dech!«

Mit einem Stöhnen schlug Bäbbi die Stirn auf den kalten Stein. Sie hatte die Hand erhoben gegen die, die den Lorenz geboren hatte, sie hatte seine Mutter geschlagen! Was würde der Lorenz sagen?!

Wenn sie das Schreckliche, das ihr Gewissen bedrückte, doch nur einem Menschenohr anvertrauen könnte! Wenn ein reinerer Mund für sie bei der da oben den Fürsprecher machte, dann würde auch der Lorenz ihr verzeihn!

Eine furchtbare Angst erfaßte sie. Wenn er sich von ihr wendete, wenn er nicht wiederkehrte!

Halb irr vor Furcht, wand und krümmte sie sich und rang die Hände.

»Maria, Moddergotts, verzeih mer! Lorenz, komm widder! Lorenz! Ech will dein Modder uf Händen dragen, se soll mech schlaon, half dud schlaon, ech mucksen net! Komm widder, komm widder!«

Es raschelte in den Papierrosen ums Marienbild, ein Zugwind hatte sie gestreift; oben am Orgelchor klappte ein Fenster – die Sakristeitür hatte sich geöffnet.

Bäbbi hörte nicht, inbrünstig flehte sie.

Der geistliche Herr war eingetreten, sein gutes bäuerliches Gesicht glänzte rot und zufrieden. In der Sakristei hatte es nicht eingeregnet, im Pfarrgarten war auch nicht eine von den kostbaren Speckbirnen abgeschlagen! Gelobt sei der heilige Servatius, der Schutzpatron von Eifelschmitt!

»Ei, Lenzen Bäbb«, sagte er freundlich und tupfte die Zusammengekauerte auf die Schulter. »Was machst du hier?«

Sie hob den Kopf und sah ihn verstört an. »Hähr Pastor – Hähr!« Sie stotterte, verlangend glitt ihr Blick hinüber zum Beichtstuhl an der jenseitigen Wand, in dem das grüne, verschleiernde Gardinchen so hoffnungsvoll schimmerte. »O Hähr Pastor« – sie stieß es heraus mit einer Art Gier – »wann ech eweil zor Beicht giehn dörft!« Ihre Hände haschten nach dem Zipfel seines speckig glänzenden, langen Rockes; sie drückte die Lippen darauf. »Hähr Pastor, zor Beicht!«

»Jetzt nicht, meine Tochter«, sagte er etwas verwundert, »nächsten Freitag! Du weißt doch, nach der Messe morgens, und nachmittags von fünf bis sieben. Heut ist Montag. Warst du denn gestern nicht im Hochamt? Es ist doch abgekündigt worden. Nächsten Freitag« – er betonte nachdrücklich jedes Wort – »von fünf bis sieben Ohrenbeichte. Behalte, nächsten Freitag!«

»Oh«, wimmerte sie, »Hähr Pastor!«

»Also am Freitag, meine Tochter!« Er hob mit einer segnenden Bewegung die Hand zum Abschiedsgruß.

Sie sah ihn an wie ein verhungerndes Tier.

Lächelnd fuhr er in die abgegriffene Tasche der Soutane und brachte ein Bildchen heraus, ein weißes Kartonkärtchen mit Spitzenpapierrand; ein rotes, flammendes Herz war darauf gemalt, von einem Pfeil durchbohrt – ›das süße Herz Jesu‹.

»Hier, meine Tochter!« Er machte das Zeichen des Kreuzes über sie.

Sie küßte das Bildchen, sie küßte seine Hand; und dann war sie wieder allein. Der Herr Pastor ging, um sein Brevier zu beten; das tat er, wie täglich, auf seinem Spaziergang gen Himmerod zu, da führte der Weg lieblich im Bergschatten und wanderte sich sacht und eben.

Lange noch lag Bäbbi vor dem Altar; süßlächelnd blickte das Marienbild nieder, kein Zug in dem Wachsgesicht veränderte sich. Ein grenzenloses Gefühl der Verlassenheit überkam die Einsame; da war niemand, der ihr helfen konnte! Zerschlagen an allen Gliedern schlich sie sich endlich fort.

Als sie bald darauf, die Hotte auf dem Rücken, den anderen Weibern nach, zum Kunowald hinaufwanderte, schloß sich ihr Peter Miffert an. Er wollte der Zeih entgegengehen. Seinen zerlumpten Werktagsanzug hatte er mit dem Sonntagsstaat vertauscht; viel war an dem auch nicht dran, aber die Hosen, die ihm sonst schlotterten, hatte er stramm heraufgezogen, die Mütze mit dem blanken Wachstuchschild saß ihm verwegen auf den dunklen Ringelhaaren.

Er pfiff und sang, aber sein Singen war mißtönend wie das Gekrächz des Hähers, der aufgeschreckt in den Baumwipfeln flatterte und argwöhnisch von dort niederäugte. Die Zeih mochte sich heut schön ›veramesiert‹ haben! Pittchen hatte sich eine Haselgerte abgeschnitten, mit der hieb er rechts und links, daß die Blätter der Büsche flogen.

»Duht dat net!« Bäbbi sah ihn aus ihren traurigen Augen beweglich an. »De arm Dinger! Am Busch sein se e su lostig grün, Ihr haut se ahf, duh liejen se kapot uf der Straß on gänn zertret!«

»Waorom net gaor«, sagte er leichthin; aber er hieb doch nicht mehr.

Schweigend gingen sie beide weiter, jeder in seine Gedanken versunken. Plötzlich schluchzte Bäbbi auf, schwer ließ sie sich auf einen Stein am Weg fallen. »Glauwt Ihr, dat dän Lorenz widder kömmt?« stieß sie hervor; ihr Blick bohrte sich mit angstvoller Frage in Pittchens Gesicht.

Er fühlte ihre Angst heraus und lachte gutmütig: »No, waorom dann net?! Waor soll hän dann annerschter giehn?!«

»Maant Ihr? Maant Ihr werklich?« Sie preßte seine Hand. O wie gut tat ihr seine Zuversicht! Schluchzend hielt sie ihn am Ärmel fest und lehnte die Stirn gegen seinen Rock.

»Äwer, Bäbb, seid doch net gäckig!« Ob schön oder häßlich, er konnte kein Frauenzimmer weinen sehen; er war ganz gerührt von ihren Tränen, er quetschte sich neben sie auf den Stein und streichelte ihre Hand. »Bäbb, Bäbbchen, kreisch doch net e su!«

»Wann hän mech net mieh liew haot, duhn ech mer en Leid an«, murmelte sie mit finsterer Entschlossenheit.

Das traf Pittchen wie ein Schlag. Wenn ihn die Zeih nicht mehr lieb hätte, was würde er dann tun?! – – –

Er sprang so hastig auf, daß Bäbbi ihn erschrocken ansah.

»Eweil giehn ech. Adjes!«

Das war nicht sein gewöhnlicher fauler Schlendergang, bei dem er die Füße kaum hob und nur langsam weiter schlorrte; er rannte.

Tannen rechts, Tannen links. Schwarze Riesenwände, die einen schmalen Streifen Himmel einrahmen. Keine Hütte, kein Stückchen bebautes Land mehr. Kein Mensch; keine grasende Kuh, keine meckernde Ziege, auch kein Wild, kein Vogel.

Ohne eine Nadel zu regen, in majestätischer Größe stehen die Tannen, wie aus der Urwelt stammend, mit ihren Riesenbärten von abgestorbenem, grauem Moos, ihren überhandlangen, braunen, schuppigen Zapfen, ihrem dunkelflüssigen Harz, das in zähem Rinnsal aus der zerklüfteten Borke sickert.

Tiefstes Schweigen. Ein Schweigen, in dem auch der leichtherzige Wanderer stumm wird; eine gebieterische Hand streckt sich aus dem Dunkel der Äste und legt sich auf seinen Mund: »Still!«

Hinter den finstren Stämmen tauchen Gedanken auf, dämmernde, ahnungsbange Gedanken; tückisch brechen sie hervor, wie Räuber aus dem Hinterhalt, und überfallen den Harmlosen. Man erschrickt vor dem eignen Fußtritt, man hält den Atem an und steht und lauscht; und dann packt einen die Angst im

Genick, wie ein schwarzes Tuch fällt es einem über den Kopf – weg ist der Frohsinn. Ein grüblerischer Ernst hält den Menschen umklammert und läßt ihn nicht los in dieser Einsamkeit.

Weltabgeschieden ist der gewaltige Wald. Wer hier um Hilfe schreit, wird nicht gehört; was man hier treibt, wird nicht gesehen; wer etwas verbergen will vor andrer Augen, kann's hier dreist, ein Schutzdach wölbt sich über ihn und um ihn.

Pittchen pfiff und sang nicht, er rannte auch nicht mehr; argwöhnisch bohrte sich sein Blick rechts und links in die Tannen. – Ob die Zeih allein daher kam? Wenn sie nun hier ginge, begleitet von einem andren – – –?!

Der verfluchte Wald! Hätte der Weg über freies Feld geführt, würde er sich gar keine Gedanken machen, aber so – –!

Grüblerisch hing er den Kopf auf die Brust. – – Da ging die Zeih von Manderscheid fort, auf der Chaussee begegnete ihr einer, es schlich ihr wohl gar einer nach von Manderscheid – hätte er's denn nicht selber so gemacht? – Nun kam der große Wald, nun gingen die zwei miteinander hinein, immer tiefer ins heimliche Versteck. Kein Mensch sah sie, nicht einmal die Sonne lugte verstohlen; es dämmerte bereits, Abendwolken verschleierten das Himmelsauge. Dem Mann wurde warm an der Seite der schönen Zeih, er redete verliebtes Zeug, und sie lachte dazu. – Peter hörte ihr halblautes Gekicher, so kicherte sie auch, wenn er zärtlich wurde – sie wiegte sich in den Hüften, der Dreiste faßte sie um die Taille, sie wehrte sich nicht, sie lachte nur – – –

»Kotzdonner noch ehs!« Peter fluchte ingrimmig in sich hinein – jetzt fuhr er zusammen; deutlich erklang das Lachen, das verfluchte Lachen! Er stand, wie der Teckel vorm Fuchsbau, zitternd, lauernd, aufgeregt.

Im dürren Gezweig knackte es – Rehe waren das nicht! Wieder das Lachen – und jetzt –

»Haalt«, schrie es hell.

Ein Rudel junger Weiber setzte aus dem Dickicht und verstellte den Weg.

Peter sah verblüfft drein.

»Helao«, lachte die wilde Tina, »hei gitt et Wegzoll bezaohlt, eweil sein mir de Sperrbarriär!«

Sie faßten sich an den Händen und bildeten eine feste Kette; die Tina, die Leis, die Vrun, das Kättchen, das Nettchen, die Billa und noch ein paar Halbwüchsige in Röckchen, die grade bis unters Knie langten.

Mit ihren bloßen Füßen, die gebräunt von der Luft, beschmutzt vom nassen Moos, zerkratzt vom Reisig waren, trippelten sie ungeduldig. Sie schrien alle:

»Sperrbarriär! Pittchen, helao, Pittchen, wat zaohlste?!«

Er suchte, sich geschwind an der Seite vorbeizustehlen.

»Hei gitt et net strawätzt*!« Tina hielt ihn fest.

Sie ließen ihn nicht durch; drohend ragten die Hotten mit den quergelegten Reisigbündeln über ihren Köpfen.

»Laoßt mech dorch, ihr Mädercher!«

Ein vielstimmiges: »Nä!«

»Wat wollt ihr dann?«

»Wegzoll! Dau moßt zaohlen, zaohlen!« Sie lachten und drängten sich um ihn her und hopsten und reckten sich an ihm in die Höhe.

Kein Durchkommen. Was sollte er machen, er konnte sich doch nicht mit Gewalt befreien?

»Wegzoll«, lachte Tina, »dau kömmst net ehnder dorch!«

»Net ehnder, nä, nä«, schrie der Chor.

Scherzend riß Miffert Tina an sich.

»E Küßche«, raunte sie ihm zu.

Lachend ließ sie sich küssen, und lachend küßte Peter weiter, eine nach der andren nahm er beim Kopf; kreischend und doch willig ließen sie sich's gefallen, der stille Wald hallte wider von den jauchzenden Mädchenstimmen.

Weg war die bange Einsamkeit. Peter schäkerte; je toller, je lieber, die warmen Lippen hatten ihn ganz berauscht. Ganz benommen torkelte er weiter – es dunkelte hier innen schon; nun fiel ihm die Zeih wieder ein.

Tina war hinter den andren zurückgeblieben, er hörte ihr leises: »Pst, pst!« Sie winkte ihm.

* strawätzen: weglaufen, herumstreichen

Er tat, als ob er's nicht sähe. Ein andermal gern; aber jetzt hatte er Eile. Er setzte sich in Trab. – Donnerwetter, da kamen noch welche! Waren denn heut alle Weiber auf den Beinen?!

Er wollte sich seitwärts unter die tiefhängenden Äste drücken – umsonst – sie hatten ihn schon gesehen. Die Steffes, mit ihren harmlosen Augen, konnte ausschauen, scharf wie ein Falke; die Kathrine Densborn nicht minder, und die Traut erst recht. Auch noch ein paar andre waren dabei. Himmel, so viel Weiber!

Pittchen fühlte einen leisen Schauer den Rücken hinabrieseln, und doch war ein gewisses Wohlgefühl dabei. War er nicht der Herrscher über alle die da?!

Sie kamen seinem Gruß zuvor, ihre Blicke hingen an ihm.

»'n Aowend«, nickte er herablassend und wollte weitergehen.

Sie hielten ihn an, jede hatte was mit ihm zu sprechen, eine immer dringender wie die andre.

Er kam nicht los; grob konnte er doch nicht sein! Als sie sich endlich trennten – schon war er ein paar Schritte fort –, da drehte die Traut noch einmal um: »Hä, Pittchen! Hä!«

Und hinter der Traut lief wieder die Steffes drein. »Uf ein Wort, Pittchen! Ech moß Eich ebbes saon, Pittchen!«

Da gab er Fersengeld.

»Hä! Hollah, Pittchen! Waartet ebbes – haalt!«

Da rannte er in den Wald hinein, was hast du, was kannst du. Hinter sich hörte er das Rufen der Weiber. Mischte sich nicht jetzt auch Tinas Stimme darein? – Lachen, Schreien, nun verfolgende Tritte!

Er verließ den Weg und sprang über den Graben, quer durchs Unterholz, daß dürres Reisig knickte und krachte und überhängende Zweige ihm ins Gesicht stachen.

Es peitschte ihn mit Ruten; er rannte, daß ihm der Schweiß ausbrach.

Immer glaubte er, rufende Stimmen zu hören; wie mit Armen griff es nach ihm, heißer Atem blies ihm ins Genick, Röcke rauschten und raschelten – hochatmend hielt er endlich inne. Ach, das war ja nur der Buchenwald, der rauschte so!

Erleichtert sah er sich um. Das Tannendickicht hatte nun ein Ende; unter den grünen lustigen Buchen war's weit heller, sanftes Licht floß an den glatten Stämmen nieder, und die Blätter regten sich traulich flüsternd im Abendwind.

Er suchte den Weg wieder auf, rückte sich den Rock zurecht und schlenkerte die Mütze aus, Tannennadeln und dürre Zweiglein hingen daran.

Kam die Zeih denn noch nicht?! Er hatte sich verspätet, aber sie scheinbar noch viel mehr. – Der würde er aber einen schönen Empfang machen, die Lust sollte ihr vergehen, sich so spät im Wald herumzutreiben!

Da war ja der Kaisergarten. Da zweigte der Weg nach Großlittgen ab, und da, unter dem Trupp himmelhoher Fichten, die abgegrenzt mitten im Buchengrün sich hoben, stand die Moosbank, so recht ein Versteck für Liebespaare.

Er stutzte. Ein Chaischen war quer über die Straße gefahren, der braune Gaul mit hängenden Zügeln rupfte friedlich die Gräser am Grabenrand ab. Waren das nicht Pferd und Wägelchen vom Gastwirt Pauly zu Oberkail?! War der hier?!

Leises Kinderweinen schlug an Peters Ohr. War das nicht das Josefchen? Zwischen den Stämmen blinkerte eine Uniform. Wer war da?!

Jetzt Lachen – das war die Zeih!

Mit einem Satz war er unter den Fichten. Richtig, die Zeih saß auf der Moosbank, und neben ihr – traute er denn seinen Augen recht? – neben ihr saß ganz gemütlich der schöne Gendarm von Oberkail!

»Zeih!« Er rief es so laut, daß der friedliche Gaul einen Satz machte und das Josefchen gellend aufschrie.

»Aha, der Herr Gemahl«, sagte der Gendarm und legte höflich die Hand an den Helm. In seinem vollwangigen Milch- und Blutgesicht vertieften sich zwei Grübchen. Er hatte nicht umsonst bis zuletzt als Unteroffizier bei der Garde in Berlin gestanden, er wußte, daß man gegen die Männer hübscher Frauen artig zu sein hat, und wären es auch die größten Lumpe und Lüderjahne.

»Na, Herr Miffert« – er rückte in die Ecke der Bank und legte das Seitengewehr über die Knie – »wollen Sie nicht Platz nehmen?«

»Nä«, sagte Pittchen kurz. »Komm, Zeih!« Er sah sie zornig an; sie schien das gar nicht zu bemerken; umständlich nahm sie von dem Gendarm Abschied und lächelte ihn an, die Lippen dabei spitzend, daß ihr Pittchen am liebsten einen Schlag drauf gegeben.

»Merci, merci, Hähr Schandarm, et waor e su freindlich, dat Sie mech metgeholt haon! Pittchen, bedank dech aach ehs. Dän Hähr Schandarm waor zo Manderscheid, hän haot mech invitiert, met uf dem Wägelche redur zo faohren. Duh haon ech et kommod gehaot!« Sie lachte vergnügt.

Peter sagte kein Wort.

Der Gendarm erhob sich und steckte zwei Finger hinter den mittleren Brustknopf der Uniform. »Ich hab's Ihnen schon gesagt, wenn Sie den Umweg über Großlittgen nicht scheuen, schöne Frau, können Sie auch noch weiter mitfahren. Habe da noch Wichtiges zu tun; unser einem wird zuviel aufgepackt, keine Minute Pause, strammen Dienst bis zum späten Abend. Für mein schweres Geld hab' ich mir den Wagen vom Pauly genommen, nur um keine Zeit zu verlieren.« Er gab sich ein sehr wichtiges Aussehen.

Lucia sah ihn mit offnem Mund bewundernd an.

Er machte eine einladende Handbewegung: »Steigen Sie nur auf, schöne Frau!« Zu Pittchen sprach er mit Gönnermiene: »Für Sie ist auch noch Platz, Miffert!«

Peter schielte ihn von unten herauf an. »Willste met de grußen Hähren Kerschen äßen, maach, datste de Steiner net an dän Koap kriehst – nä, merci!«

»Was wollen Sie damit sagen?« Der Gendarm verstand den Dialekt noch nicht und witterte immer gleich eine Verhöhnung der Obrigkeit. Er versuchte seinem harmlosen Knabengesicht einen martialischen Ausdruck zu verleihen und zwirbelte den Schnurrbart aufwärts. »Nanu, was wollen Sie damit sagen?«

»Neist!« Pittchen sah ihn unbefangen, etwas blöde an, aber in seinem Innern kochte es: ›Waart, dir spielen ech aach als en Possen!‹ »'n Aowend!« Er zog Zeih unwiderstehlich mit sich fort.

»Tappert«, brummte der Gendarm, als er ihnen nachsah. ›Tappert‹, das war ungefähr das einzig Eiflerische, was er bis jetzt gelernt; es war gleichbedeutend mit dem hochdeutschen ›Dummes Luder‹ und wurde hier bei den ›dämlichen Bauern‹ mit Vorliebe von ihm angewendet.

»Autsch, reiß mech doch net e su«, schmollte Lucia, als sie ein Stück weiter weg waren. Sie blieb stehn und sah sich um. »Wat soll eweil dän Hähr Schandarm denken?! Jesses, laoß mech doch los!«

Er hatte sie unsanft am Handgelenk gefaßt, sie machte sich frei, mit Tränen in den Augen. »Autsch, ech giehn jao schuns allein! Laoß los! Ech haob e su als schuns schwer zo schleppen, et es mer net kommod!«

Schweigend nahm er ihr das Kind ab, dieses ganz in ein großes Tuch gewickelte Bündel; nun trug sie nur noch ein Paket, das war verschnürt, und sie trug es mit besondrer Sorgfalt.

»Wat haste lao?« brummte er.

»Raot ehs!« Ihr Gesicht hellte sich schon wieder auf, ihre Augen glänzten vor Vergnügen. »O su ebbes Schienes, su ebbes Wonnerschienes! Waart, Pittchen, ech zeigen et der!«

Lebhaft kniete sie nieder, legte das Paket sacht aufs weiche Moos und begann es aufzuschnüren. »Dau sollst dein blao Wonner siehn«, schwatzte sie dabei, »su ebbes Schienes! Kuck ehs hei, Pittchen! Kuck ehs!« Sie schlug die Hände zusammen in eitel Glückseligkeit und lachte wie ein Kind.

Da lag ein schöner roter Flanellunterrock und schimmerte grell auf dem dunklen Moos. Und daneben eine Tändelschürze von schwarzem Seidenstoff, unten mit bunter Blumengirlande bestickt.

»Haste su ebbes schuns gesiehn?« stammelte sie entzückt; und dann griff sie mit beiden Händen zu und hielt sich das viel zu kleine Seidenläppchen vor den starken Leib. »Wat werden se saon!« Sie jauchzte förmlich.

Er staunte auch über die Pracht, aber zugleich ergriff ihn eine plötzliche Unruhe, ein jähes Unbehagen – wie kam die Zeih dazu?

»Wuhär haste dat?« fragte er finster.

Sie lachte fröhlich: »Geschenkt kritt!«

»Geschenkt kritt?« wiederholte er. »Von deim Tant doch sicher net; on dein Modder haot sälwer neist!« Er sah sie lauernd von der Seite an.

»Olau, von dänen – nä!« Nun lachte sie, daß sie sich schüttelte. »Von dänen, su ebbes Schienes? Hahahaha!«

»Von wäm dann?« fuhr er sie an.

»Olau, dau domm Pittchen«, – noch immer lachend stieß sie es heraus – »von dem Hähr Reisenden, von dem freindlichen Hähr! Von wem annerschter?!«

»Biste doll?!« Er sprang auf sie zu wie ein Rasender und riß ihr die Schürze vom Leib. »Gief her!«

Das Lachen verging ihr, jammernd suchte sie ihm die Schürze wieder zu entreißen. »Mein Schörz, Pittchen! Mein Schörz, mein schien Schörz!«

»Dän Lappen, dän Dreck!« Er knäulte die Seide zusammen und schmiß sie hin; auf dem roten Rock trampelte er herum. »Onnerstieh dech noch ehs – ebbes aanzonähmen von Hähren, von fremde Hähren! Ech schlaon dem Kerl ale Rippen im Leiw dorch, ech schlaon hän kapores, ech schlaon hän dud. – Dau Mensch, dau lidderlich Mensch, wat haot hän dafor gekritt? Saog!« In seiner Wut gab er ihr einen Stoß, daß sie zu ihren mißhandelten Schätzen aufs Moos niederfiel. »Saog de Waohrhaat – lüg net! Wat haot hän dafor gekritt?!« Er schrie; unter den schweren Augenlidern sah er sie durchbohrend an mit stechenden, gefährlichen Blicken.

Sie suchte die Geschenke zusammenzuraffen; er schleuderte sie in weitem Bogen auf die schmutzige Straße.

»Wat haot hän dafor gekritt – willste't nau saon?!«

»E Küßche«, wimmerte sie, »nor en anzig Küßche. For den Rock zwaa – for de Schörz ans – nä, aach zwaa! Föhrwaohr on enklich, ech saon de Waohrhaat – Pittchen, Pittchen!« Sie hatte Angst bekommen.

»Neist mieh? Lüg net!« Er knirschte mit den Zähnen. »Dau kömmst net labendig hei aus em Wald, wannste net de Waohrhaat saost. Ech raoten der!« Er hob die Faust, jeder Muskel seines hagren Körpers war angespannt; er war nicht so groß und kräftig gebaut wie seine Frau, aber in diesem Augenblick erschien er ihr wie ein Riese.

»Hän haot mech uf dän Schoß geholt«, stotterte sie scheu. »Hän haot dat Josefche hinnen in et Chaische gelät. Hän saot, hän wollt mer noch ebbes vill Schieneres metbringen, wann hän dat nächste Maol nah Eifelschmitt käm. – O mein Schörz! Mein rot Röckche! Mein schien Schörz!«

Die Tränen liefen ihr stromweis über die blühenden Wangen, jammernd rang sie die Hände: »Ech arm Dier! Hätten ech dech nie geheiraod! Hätten ech uf mein Vadder sälig geheert! Ech konnten en annern kriehn! Duh sitzen ech eweil zo Eifelschmitt in dem dreckige Loch – ke Gäld – ken Pennig – mer waoß oft net, wat mer äßen soll – dän Mahn stiehlt onsem Hährgott dän Dag ahf – im Winter friert mer sech zu Schannen – im Sommer haot mer net emaol en anstännig Kleid, om uf de Kirmes zo giehn! Hei dat Fähnche« – sie hob ihr verschossenes, an allen Enden zu knappes Kleid in die Höhe – »dat dragen ech schuns e su lang mir verheiraod sein – zwaa Jaohr! On im Dienst zo Manderscheid haon ech et aach als drei Jaohr gehatt. Mer moß sech schämen for de Leit!« Das Schluchzen erstickte sie fast: »Ech arm – arm Dier – ech deierlich Fra!« Sie warf sich ihren Kleiderrock über den Kopf und saß nun ganz vermummt.

Das Kind auf Pittchens Arm fing kläglich an zu schreien; er warf es der Mutter in den Schoß: »Dao lieg, dau Bankert!«

Aber gleich darauf packte ihn die Reue; sie schluchzte so herzbrechend, so hatte er sie noch nie gesehen. Sonst war sie immer fröhlich. Die hörte wohl nie mehr zu weinen auf!

Und hatte sie nicht recht, ging's ihnen nicht erbärmlich genug? Hatte er ihr nichts Besseres versprochen, als er die schöne, lustige Zeih freite?! Er stand betroffen.

»Zeih«, sagte er sanfter, und dann räusperte er sich. »Zeih!«

Wenn sie ihn auch nicht sah, nun wußte sie doch, woran sie war; sie schluchzte jetzt noch jämmerlicher und krümmte sich wie in unerträglichen Schmerzen.

»Zeih«, sagte er ganz kleinlaut und zog ihr den Rock vom Kopf.

Sie sah ihn gar nicht an, nahm das Kind in den Arm und herzte es unter Tränen: »O dau mein Josefche, mein arm Josefche!« Sie küßte es mit stürmischer Zärtlichkeit. Der Hut war ihr vom Kopf geglitten, das Haar hing ihr lang und wellig an den Schläfen nieder, ihr lieblicher Mund zuckte wie bei einem Kind, das sich ausgeweint hat und dem nur noch stoßweise ein letztes Schluchzen kommt. Die Lider hielt sie beharrlich gesenkt, ihr Blick ruhte auf dem Kinde; die goldig-braunen Wimpern lagen auf den schwellenden Wangen, die die Sommersonne nicht verbrannt, nur mit einem pfirsichähnlichen Anhauch überzogen hatte.

Keine war doch so hübsch wie sie – und alleweil so fidel!

Peter sah unverwandt auf sie nieder. »Haste de Waohrhaat gesaot, Zeih? Schwör! Beim Josefche hei!« Er legte die Hand auf das Kind.

Sie legte die ihre dazu: »Ech schwören!«

Nun hob sie den Blick und blinzelte ihn an: »Biste mer bees, Pittchen?« Ein Schluchzen stieß sie noch. »Ech kann doch neist dafor!«

»Nä, nä, kreisch nor net – Rotzdonner, dau sollst net kreischen, Zeih!« Er stieß mit dem Fuß auf. »Ech haon et jao net e su bees gemaant. Äwer dau moßt mer aach net ontreu gänn – hörste, Zeih, net ontreu! Zeih!« Er rüttelte sie schon wieder.

»Nä, nä – o mein schien Röckche! Mein Schörz!«

Er ging schon auf die Straße und holte beides. »Dao haste dän Dreck!«

»O Pittchen!« Sie faßte seinen Kopf und zog ihn zu sich herunter, beide Hände legte sie an seine Wangen. Ganz zart flüsterte sie – es war schon wieder was von dem früheren vergnügten Klang in der Stimme – : »Eweil biste mer widder gud, gäl? On en anner Kleid kaafste mer aach, gäl? E su bal dän Hähr Reisenden widder kömmt. Ech saon der, dän haot Kleider!« Schmeichelnd rieb sie ihr Gesicht an dem seinen. »Gäl, dau kaafst mer ans?« Sie wartete auf seine Antwort; als keine kam, warf sie den Kopf zurück: »Dän wollt mer ans schenken!«

Er zuckte zusammen. »Dau sollst kans geschenkt kriehn, dau därfst kans geschenkt kriehn, ech leiden dat net, ech – jao« – er nickte und kratzte sich nachdenklich hinter den Ohren – »ech kaafen der sälwer ans!«

Mit einem Freudenschrei riß sie ihn ganz zu sich herunter, preßte seine Lippen auf ihren Mund und küßte ihn heiß.

Er lag mit seinem Kopf neben dem Kind in ihrem Schoß; sie streichelte seine Haare und wickelte sie um ihre Finger.

»Gäl, Pittchen, dau kaafst mer ans? Jesses Maria, haon ech en Freid! Pittchen, ech haon dech su liew!«

»On dän Schandarm?« fragte er leise, noch einmal von einem düsteren Argwohn beschlichen.

Sie lachte hell auf. »Dän Lappes! Waaßte, wie dän micht? Kuck hei!« Sie drückte die Augen heraus, warf sich in die Brust und zwirbelte an ihrer rosigen Oberlippe. »Alleweil micht dän e su. O dän! Hahaha!«

Er hatte sich halb aufgerichtet; auf den Ellbogen gestützt, sah er verliebt in ihr lachendes Gesicht.

Sie strich ihm die Falten auf der Stirn glatt und kitzelte ihn mit einem Halm unter der Nase. Er mußte mit ihr lachen. Und dann tuschelte er ihr etwas zu und drückte ihren Fuß.

Das Kind schlief unbeachtet. Das Moos war weich, der Wald einsam, dunkler und dunkler wurde der Abend. So weich, so zärtlich ging die Luft, und die Blätter lispelten sacht, als hätten sie sich heimlich, ganz verschämt etwas anzuvertrauen.

Als sie gingen, hing sie an seinem Arm, und er schleppte beides, das Kind und das Paket. Sorgfältig hatte er selbst die Geschenke eingepackt und verschnürt, dann hatte er sich den Bindfaden um den Hals gehängt; das Päckchen baumelte, bei jedem Schritt spürte er's.

Der Weg schimmerte kaum erkennbar; im Tannenforst war's stockfinster. Zeih tat furchtsam; bei jedem Knistern der Rinde, jedem Niederrieseln einer Nadel fuhr sie zusammen und schmiegte sich fester an ihn. Sie ruhte mit ihrer ganzen Schwere auf ihm, unter dem dünnen Fähnchen spürte er ihren warmen vollen Körper.

Es war ihm sehr heiß, sein Atem ging unruhig; er schwitzte, trotzdem es nun bergab ging und der Nachtwind feucht und scharfkühl wehte.

Dunkel lag Eifelschmitt; nur in wenigen Häusern schwacher Lichtschein, die Straße leer. Am eintönig plätschernden Brunnen standen noch ein paar Weiber und wuschen ihre Füße in dem ausgehöhlten Baumstamm, der als Brunnentrog diente. Sie hatten ihre Röcke hochgeschürzt; in dem Mondstreif, der jetzt durchs Nachtgewölk brach, schimmerten ihre nackten Arme und Beine lockend silberweiß.

Peter fühlte wieder das seltsame Gruseln, jenen wunderlichen Schauer, der ihm leise über den Rücken hinabrieselte, sein Blut für Augenblicke erstarren machte, um es dann desto heißer anzutreiben.

Unweit ihrer Hütte strich eine Gestalt an ihnen vorbei; Peter glaubte Tina zu erkennen an ihren glitzernden Augäpfeln und den geschmeidigen Bewegungen. Sie schlüpfte zwischen ihm und der Hecke durch; für eine Sekunde fühlte er seine Hand gestreift von heißen, feuchten Fingern – dann war's vorbei, verschwunden wie ein Spuk. In der Ferne noch ein leis verklingendes Lachen. –

In der Nacht träumte Pittchen schwer.

Er ging denselben Weg, den er heut der Zeih entgegengegangen. Aber oben am Kaisergarten wandte er sich rechts, gen Großlittgen zu; er mochte wollen oder nicht, er mußte dahin. Es puffte ihn von hinten was in den Rücken, ein starker Wind blies ihn fort.

In der Ferne hörte er Stimmen, sie riefen und lockten: »Pittchen! Komm, Pittchen!«

Lachen klang dazwischen – jetzt hörte er die Zeih rufen, und jetzt die Tina – jetzt fielen andre bekannte Stimmen ein: »Pittchen! Pittchen!«

Wo war er denn? Erschrocken sah er sich um. Da ging er durch die öde Heide, der Wind stöhnte drüber hin mit unheimlichen Klagelauten.

Er wollte nicht weitergehen, umkehren – sein Fuß strauchelte über abgestorbene Strünke, es roch nach Pech und Schwefel. Eine glühende Luft schlug ihm entgegen wie Flammenhauch, versengte ihm Haar und Brauen und tief innen im Leibe das Herz.

Er wollte Hilfe schreien und konnte nicht. Fern, fernab tönte heisres Hundegebell – das waren die Hunde von Großlittgen! Hilfe, Hilfe, dorthin!

Er wollte laufen und konnte nicht. Er stand wie festgewurzelt.

Der Boden war heiß, als brenne unterirdisches Feuer darunter. Und da war ein Kreis seltsamer grüner Pflänzchen, wie abgezirkelt standen sie im Kranz mitten auf totem verbranntem Land; im schwefligen Licht, das die Nacht erhellt, sah er deutlich ihr giftiges Grün.

Hilfe, Hilfe! Der Hexenkranz! Hatte ihn seine Mutter nicht schon als Kind dort, sich bekreuzend, vorübergeführt und scheu geflüstert: »Hei es't net geheuer!« Da tanzten vormals die Hexen, und loderndes Feuer prasselte auf. Der Boden verbrannte unter ihren Füßen; nur diese Pflänzchen sproßten, grüne Stengel, ohne Blatt und Blüte, das einzig Lebendige ringsum.

»Pittchen, Pittchen!«

Wer rief?

Im Flammenschein hüpften ihm Gestalten entgegen mit raschelnden Röcken und flatternden Haaren, sie lachten und winkten und riefen und streckten die Arme nach ihm und reichten sich die Hände und wirbelten um ihn in tollem Tanz. Immer toller, toller – immer wilder, wilder – Weiber, Weiber, lauter Weiber!

Und auf einmal stand die Zeih mitten im Kreis, sie hatte die Seidenschürze wie ein Mäntelchen um die Schultern hängen und den neuen roten Unterrock an – weiter nichts. Sie schlug die andren auf die ausgestreckten Finger und lachte hell.

»Dän es mein!« Sie warf den Unterrock und die Schürze ab – da stand sie nackt und schön im Flammenschein und sprach gebieterisch: »Kaaf mer e nei Kleid!«

Laut kreischten die andren auf, heulend sprangen sie in die Höhe, sie wurden zu Flammen, die ihm entgegenzüngelten. – – –

»Jesus! Maria! Josef!« – Da, der Boden wich ihm unter den Füßen, er tat einen tiefen Fall, abgrundtief – – –

Mit einem Schrei erwachte Pittchen.

Der Mond schien hell durchs unverhängte Fensterchen, mitten auf das zerlumpte Federbett. Der Kopf der Zeih lag schwer auf seiner Brust und drückte ihn.

Sie schlief mit offenem Mund und schnarchte regelmäßig.

Noch vom Grauen des Traumes erfaßt, rüttelte er sie: »Zeih, Zeih, Zeih!«

Sie wachte nicht ganz auf, schlaftrunken öffnete sie nur ein Spältchen die schwarzen Lider.

»Dat Kleid«, lallte sie. – »Kleid – kaaf mer e schien nei Kleid!«

VI.

Lucia Miffert hatte ihren Mann seit Wochen gequält, den ganzen Tag und die Nacht auch. Sie hatte sich angeschmiegt wie ein bittendes Kind und ihn dann wieder spröde von sich gestoßen. Sie hatte gebettelt, geschmollt, gedroht; sie bestand auf ihrem Recht, sie wollte ihr neues Kleid.

Seit gestern war der Reisende wieder im Dorf. Mit Wut und Angst im Herzen hatte Pittchen das Wägelchen ankommen sehen; hinten aufgeschnallt wankten zwei hohe Musterkoffer.

Beim alten Krumscheid war der Reisende abgestiegen, da hatte er seine Muster und Waren zur Schau ausgelegt. Die Weiber rannten hin und staunten und feilschten, auch Lucia war unter ihnen. Sie blieb stundenlang aus; längst waren die andren zurück – Peter hatte aufgepaßt – noch immer kam sie nicht! Da ging er hin, sie zu holen.

Es war ein trüber Herbsttag. Unten im Tal an geschützten Stellen war's zwar noch leidlich, aber oben auf der Höhen sauste der Oktoberwind mit Ungestüm und fegte ganze Lawinen welker Blätter die Hänge hinunter. Der Wald stand traurig.

Die Dorfstraße war schmutzig, zum Durchwaten; an Stellen, wo das Pflaster fehlte, sank man ein bis über die Knöchel. Ein modriger Geruch stieg von Hütten und Ställen auf, es hatte acht Tage ohn' Unterlaß geregnet.

Gegen das Ende des Tales, nach Himmerod, war die Aussicht versperrt; die Ruinen des heiligen Bernardus hüllten sich in Regendunst und Nebelwolken. Quirlend, brausend wirbelte die Salm dahin; ihr klares Wässerchen war zu lehmigten Wogen geworden mit Köpfen von milchigem Gischt.

An allen Ecken und Enden tropfte es; vom Himmel herab, der sich wie ein Trauertuch spannte; von den Bäumen, die zitternd die schwarzen Äste reckten – hie und da hielt noch eine Eberesche an der Chaussee eine Dolde verschrumpelter, roter Beeren fest –; von den Dächern, die, triefend, tief über den durchweichten Hausmauern hingen.

Alles war dunkler von Nässe, ohne Farbe, schwer und unlustig.

Als Peter am Schneiderschen Häuschen vorbeiging, hörte er hinten vom Stall her, über den Hof weg, jammernde Rufe schallen, Heulen und Winseln. Er guckte in das papierverklebte Fenster vorn neben der Haustür. Drinnen in der Stube lag der alte Schneider im Bett, da kroch er hinein, sowie es kalt wurde; die Frau saß am Tisch, hatte ihren Kaffeenapf vor sich und tupfte mit dem Finger die letzten Brotbröselchen von ihrer Schürze.

Wieder das Geheul, das nichts Menschliches hatte! Und doch schrie kein Tier.

Peter klopfte an die Scheiben: »Hä, ihr! Wat es denn hei passiert?«

Die Schneidersch öffnete das Fenster ein Ritzchen und steckte ihre spitze Nase heraus. »Dat Bäbb«, sagte sie lakonisch und wollte eilends wieder zuschlagen, als fürchte sie, ein Atom Wärme möge von drinnen entweichen.

»Haalt!« Pittchen klemmte die Faust zwischen das Fenster. »Et schreit doch e su! Gieft dann de Weis-Fra von Oberkail net geruf?«

»Saogt doch liewer gleich: dän Hähr Dokter!« Die Alte wakkelte ärgerlich mit dem grausträhnigen Kopf. »Ihr haot wohl dat gruße Los gezillt*? Mir sein arme Leit, mir haon neist öwrig. Laoßt se schpektaklen, se werd schuns rohig gänn!«

Und vom Bett her schalt die zornige Stimme des Alten: »Wat es dat for en Manier?! Dat Fenster zugemaach, Zapperloot!« Er hüstelte und schimpfte; rasch schlug die Schneidersch zu.

Peter zögerte noch einen Augenblick. Horch, wieder schlug der scharfe, gellende Jammerschrei an sein Ohr! Das Blut wich ihm aus dem Gesicht, sein Herz setzte den Schlag aus; ein Grausen kam ihn an. Noch deutlich stand ihm die Stunde vor Augen, in der das Josefchen geboren worden. Aber da hatte die weise Frau am Lager gesessen, ein Strom der Beruhigung ging von ihrer gewichtigen, geheimnisumwobenen Persönlichkeit

* gezogen

aus; sie hatte den fetten Zeigefinger erhoben: »Dat elao kömmt e su leicht dervon wie en Katz. – Pittchen, kocht mer en Kaffee!«

Und jene da, abseits in der Kammer neben dem Stall, lag verlassen wie ein hilfloses Tier. Peter rannte weiter, er konnte das Jammern, das jetzt in ein ruckweises Stöhnen überging, nicht mehr anhören; das Herz wurde ihm davon zusammengepreßt und die Tropfen herausgequetscht. Sie traten ihm in die Augen.

Geld, Geld! Ja, wer Geld hatte, der konnte sich alles gewähren, auch Hilfe in der Not! Der brauchte nicht zu leiden.

Geld! Geld! Eine Gier überkam ihn. Er fuhr sich in die Tasche verflucht, nur ein paar lumpige Kupferpfennige darin!

Ja, wenn da Taler geklappert hätten, harte Silbertaler! Dann konnte er der Zeih ein Kleid kaufen – noch mehr – alles, was ihr Herz begehrte! Dann würde sie nicht im Wirtshaus sitzen und dem Reisenden um den Bart gehen; sie würde nicht mehr schmollen, nicht mehr weinen, nein, sie würde die Arme um seinen Hals schlingen und unter Küssen flüstern: ›Pittchen, mein anziger Schatz, wat haon ech dech liew!‹

Der Schweiß trat ihm auf die Stirn, tropfte herunter und vermischte sich mit dem Naß seiner Augen. Und dabei überlief ihn ein Frösteln. ›Mir sein arme Leit‹, hatte die Schneidersch gesagt – – –

›Arme Leit – armes Pittchen‹ pfiff der Wind ihm entgegen. Wie mit Geisterhand strich es ihm übers Gesicht. Wenn die Bäbbi nun umkam, krepierte da hinten in der verlassenen Kammer –?! Wenn die Zeih ihm untreu wurde –?! Er schüttelte sich wie im Fieber, eine unbezwingliche Angst packte ihn und zugleich ein Grimm. Er ballte die Faust im Sack in ohnmächtiger Wut. – Geld, Geld!

Immer noch hörte er das Jammern, es mischte sich mit dem Sausen des Windes und dem Brausen der Salm. Zweifelnd, unschlüssig stand er. Sollte er nicht hinlaufen nach Oberkail und auf eigne Faust die weise Frau holen? War es nicht Menschenpflicht, Christenpflicht? Würde ihm die Guttat nicht vergolten werden vom himmlischen Vater, schon hier auf Erden, bald, jetzt?

»Hahaha!«

Wer hatte da gelacht?! Erschrocken sah er sich um, das eigne Hohngelächter gellte ihm in den Ohren.

Der da oben – haha – ja, das hatte sich was mit der Vergeltung! Die gab's nicht.

Er hatte ein Hungerleben geführt, seit er denken konnte; war's nun nicht endlich Zeit, daß er in der goldnen Kutsche fuhr und seiner Zeih Kleider kaufen konnte, so viele die wollte?

Die Zeih, ja die – hin, schnell! Der mußte er das Scharmuzzieren legen. Nur schnell, sehen, was die macht! Dann hin nach Oberkail.

Dicht vorm Wirtshaus stieß er auf Tina. Sie trug einen Kamm mit großen, blauen Steinen im Haar und ein bunt-schottisches Knüpftüchelchen um den Hals. Sie schlenkerte den Rock und drehte sich; sie wurde alle Tage hübscher, das sah er doch.

»Pittchen«, rief sie und lachte, daß alle ihre Zähne blitzten. »Eweil sein ech fein, gäl? Dän Kamm haon ech gekaaft, dat Düchelchen« – sie verdrehte die Augen in der fruchtlosen Anstrengung, sich selber zu bewundern – »dat haon ech zukritt.«

»Maanswäjen«, brummte er.

»Pittchen«, – schon hing sie schmeichelnd an seinem Arm »kaaf mer noch ebbes!«

Ohne etwas zu sagen, schüttelte er verneinend den Kopf.

»Dau moßt – Pittchen, nor e klaan Andenken!« Schnell sah sie sich um, dann strich sie ihm rasch über die Backe, ihr Ton war bittend: »Pittchen!«

»Ech haon ke Gäld!«

»Dau Lappes!« Sie stieß ihn von sich, daß er gegen die Hauswand taumelte.

Mißmutig trat er in die Schenkstube. Da saß der Reisende auf dem einzigen Polsterstuhl des Hauses, und auf der Bank, dicht neben ihm, die Zeih. Sonst war kein Mensch im Zimmer.

Eine Flasche Erdener hatten sie vor sich, eine geleerte stand schon am Boden. Der mußte der Zeih fleißig eingeschenkt haben; sie glühte wie roter Mohn, ihre Augen waren kleiner geworden und schwimmend.

Als sie ihren Mann erblickte, sprang sie freudig auf. »Pittchen! Eweil kommste?! Hähr Reisender«, – vertraulich legte sie ihre Hand auf den Arm des Städters – »wollen Se eweil net su gud sein on Ihr Mustren nehme giehn? Dat Pittchen es hei for dat Kleid zo kaafen!«

War sie toll? Peter zupfte sie am Rock, er riß ihn ihr fast aus den Falten; sie hörte nicht. Beide Ellbogen auf den Tisch gestemmt, studierte sie das Musterbuch, das ihr der Reisende vorgelegt hatte.

»Dat rote oder dat blaoe? Wat es nau schiener?« Sie legte zweifelnd den Kopf auf die Seite.

»Nehmen Sie das blaue«, redete der Reisende zu, »die Elle kostet nur ein Kastemännchen* mehr. Sie haben dafür aber ganz andre Ware. Ein Kastemännchen spielt doch keine Rolle!«

»Nä«, sagte Lucia.

Peter gab ihr einen Puff. »Biste gäck?« raunte er ihr zu.

»Also das blaue?« fragte der Reisende.

»Dat blaoe. On wie vill Ehlen haon ech netig?«

»Siebzehn. Pro Elle fünfzehn Silbergroschen, macht fünfundzwanzig Mark fünfzig Pfennig, oder – die neue Währung werden Sie hier noch nicht so recht kapieren – acht Taler fünfzehn Silbergroschen. Für dieses Kleid ein Spottgeld!«

»Jao, dat es et aach. Gäl, Pittchen?« Freudig erregt drehte sich Lucia nach ihm um.

»Acht Taler –?!« Er stand betroffen. Acht Taler – –! Die Stube schien mit ihm herum zu tanzen, es schwindelte ihm. Acht Taler – woher sollte er die nehmen?!

»Gäl, Pittchen, mei nei Kleid es wonnerschien?!« Sie jauchzte fast.

»Komm – eweil kann ech net – ech – net heit, en annermal – villeicht morjen«, murmelte er verlegen. Er faßte über ihre Schulter und schlug ihr das Musterbuch vor der Nase zu. »Pisack' mech net e su!« Und dann klang seine Stimme rauher, ganz heiser: »Ech haon ke Gäld.«

»Ach was!« Der Reisende lächelte. »Für so'n hübsches Weibchen muß man immer Geld haben!«

* Zweieinhalb Silbergroschen

Dies verdammte Lächeln! Peter krampfte die Hände zusammen und riß sie wieder auseinander, daß alle Gelenke knackten. Lucias Blick ruhte flehend auf ihm; jetzt glaubte er eine gewisse Verachtung darin zu entdecken, jetzt wendete sie ihre Augen ab. Ihre Brauen waren zusammengezogen, ihre Lippen aufgeworfen; sie kehrte ihm den Rücken.

»Zeih, hör ehs!«

Sie gab gar nicht Acht auf das, was er sagte. Sie stand dicht vor dem Reisenden – der war ein großer hübscher Mann und paßte gut zu der großen hübschen Frau – und flüsterte ihm etwas zu.

Was hatten die miteinander zu tuscheln?! Als wäre der Ehemann gar nicht dabei, so ungeniert benahmen die sich! Immer dichter steckten sie die Köpfe zusammen.

»Zeih!« Zitternd stieß Pittchen ihren Namen hervor.

Der Reisende lächelte, und Lucia kicherte.

»Eweil maachste en End!« Miffert schlug auf den Tisch, daß die Gläser klirrten.

»Seien Sie doch nicht ungemütlich!« Der Reisende zwinkerte der jungen Frau zu und klopfte dem Erregten auf die Schulter. »Ich bitte Sie, Herr Miffert, was ist denn da lange Überlegens?! Ich will Ihnen gern entgegenkommen; Sie zahlen mir jeden Monat einen Taler ab, das merken Sie gar nicht, in achteinhalb Monaten sind wir quitt.«

»Nä.« Peter sah unschlüssig zu Boden, aber er bemerkte doch, wie die Zeih den Herrn zupfte.

»Wahrhaftig kein Geschäft! Ich will Ihnen noch mehr entgegenkommen – 's tut mir wahrhaftigen Gott leid, daß die junge Frau nicht das Plaisir haben soll – den halben Monat, die fünfzehn Groschen will ich gar nicht von Ihnen haben. Nur acht Taler! Halb geschenkt! Menschenskind, seien Sie doch nicht so stierköpfig! Wenn ich so'n hübsches Weibchen hätte – gelt, mein Kind?!« Er kniff Lucia in die tiefgerötete Wange.

Peter fühlte einen bitteren Geschmack auf der Zunge; das Blut wallte ihm so jäh zu Kopf, daß seine Augen undeutlich sahen. Ein wirres Durcheinander wogte um ihn, durchschossen von feurigen Punkten. Und die feurigen Punkte fügten sich zu

Buchstaben: Geld, Geld! – Und aus allen Ecken kreischte es: Geld, Geld! – – –

Lucias erwartungsvolles Gesicht tauchte dicht vor ihm auf: »Gäl, Pittchen, eweil kaafste't?«

Sie lächelte ihn an; nun spielte sie mit seiner Hand und pufftte ihn mit dem runden Ellbogen leicht in die Seite. »Pittchen!« Tausend Bitten, tausend Versprechungen lagen in dem einen Wort!

»Acht lumpige Taler! Seien Sie doch nicht so ungalant!«

»Hol mech der Deiwel, här met dem Kleid!« Peter wußte kaum mehr, was er sprach. »Äwer uf Ahfzaohlung will ech net, mir sein kein Lumpenpackasch. Här met dem Dreck – wat kost de Welt, ech will se zaohlen!«

»Ich werde unserem Geschäftshaus Order geben, daß man Ihnen mit wendender Post per Nachnahme das Gewünschte zugehen läßt, Herr Miffert!«

»Wohl, wohl«, nickte Peter. Lucia hing an seinem Hals, ganz närrisch vor Freude.

»Es't waohr, es't aach wirklich waohr? Kriehn ech dat Kleidche? O Pittchen, ech haon dech e su liew!«

Das war's, worauf er gewartet hatte. Nun mit ihr allein sein, nun sie herzen und drücken und sich betäuben an ihren Küssen! Er wollte sie zur Tür ziehn; willig wäre sie mit ihm gegangen, aber der Reisende vertrat ihnen den Weg.

»Das wäre! Ne, Sie dürfen mich nicht hier mutterseelenallein sitzenlassen, bei dem abscheulichen Wetter, in diesem öden Drecksnest! Habe ich Ihnen dafür zu dem Kleid verholfen, schöne Zeih? Kommen Sie, Miffert, wir trinken en Schöppchen!« Er pfiff und sang:

»Dann setzen wir uns hin,
Wohl auf das Kanapee,
Und singen: Dreimal hoch
Das Kanapee!«

»Das Neueste vom Jahr, frisch importiert aus der Haupt- und Residenzstadt Berlin. Ja, seit wir Siebzig-Einundsiebzig hinter uns haben, haben wir Pli gekriegt. So was kennen Sie hier noch nicht, was?«

»Dat es schien!« Zeih riß begierig die Augen auf. »Sein Se so gud, singen Se't noch ehs!«

Als er den Singsang wiederholte, summte sie mit; sie hatte ein gelehriges Ohr.

Und der Reisende gab Couplet auf Couplet zum besten, sie konnte sich gar nicht satt hören; ihre Augen tanzten förmlich, ihre Lippen bewegten sich, leis murmelnd, wie beim Rosenkranzbeten.

Pittchen hatte den Arm um sie gelegt. Der Reisende hatte ihm eingeschenkt; nun wurde auch er fidel.

Der Nachmittag ging schon in den Abend über; die frühe Dämmerung stahl sich ins Fenster, noch früher als sonst durch den finster umzogenen Himmel und die regenschwangere Luft.

Der Krumscheid brachte schon wieder eine Flasche, und zwar nicht vom schlechtesten. Das war ein Mosel, der sich süffig trank, aber der's in sich hatte; er lief durch die Adern, wie prickelndes, fröhliches Leben.

»Spielen Sie auch Karten, Herr Miffert?« fragte der Reisende. Die hübsche Frau fing an, ihn zu langweilen; da er doch nicht mit ihr allein war, was nutzte ihm da ihre Bewunderung?! »Machen wir 'n Spielchen!«

Peter dachte an seine paar Kupferpfennige. Verflucht, wenn er jetzt Geld hätte! Die Eifeler spielten nicht gern mit ihm, sie schimpften ihn ›Fauteler‹*, und wenn er gewann, gab's jedesmal Prügelei. Fatal, nun hatte er so schöne Gelegenheit, seine Geschicklichkeit zu nutzen, und da mußte er nun kein Geld haben, nicht einmal den niedrigsten Einsatz! Geld, Geld – –! Seine Augen funkelten.

Der Reisende warf einen Taler auf den Tisch. Als hätte er Pittchens Gedanken erraten, sagte er: »Ich pumpe Ihnen. Was spielen wir denn?«

»Sechsundsechzig. Hä, Wirtschaft, Kaarten! Licht!«

Peter mischte; die verfetteten, vom Schmutz dick gewordenen Karten flogen durch seine Hände, als seien es Rosenblätter.

* Betrüger

Und dabei wendete er keinen Blick von dem Talerstück auf dem Tisch, wie ein Magnet zog ihn das runde Silber an. Solcher Dinger brauchte er acht – nein, noch mehr, mehr! Er hatte das Hungerleben satt.

Unwillkürlich, fast wider seinen Willen, streckten sich seine Finger aus; er nahm den Taler in die Hand und betrachtete ihn.

»So gut wie neu«, sagte der Reisende, »und ganz echt. Unser Kassierer hat sich mal 'nen falschen anschmieren lassen; den haben wir ihm an die Kasse genagelt – haha! Aber nu los; nu wollen wir sehn, wer mehr Glück in der Liebe hat – Sie oder ich!« Er sah dreist die junge Frau an und lachte.

Peter lachte auch; ein schlaues und zugleich grimmiges Lächeln verzog seine Lippen.

Sie spielten. Den Reisenden amüsierte es, wie eifrig der arme Teufel bei der Sache war. Hätte man wohl einem hier aus dieser ›zurückgebliebenen, unkultivierten Gegend‹ so viel Gewandtheit zugetraut? Und Glück hatte der! Immer bekam er die besten Karten; er gewann.

Zeih sah dem Spiel zu, das heißt, sie blinzelte mit verschlafenen Augen drein, der ungewohnte Weingenuß hatte sie müde gemacht; sie lehnte sich hintenüber an die Wand. Pittchen bemerkte nicht, daß der Reisende unterm Tisch ihr Knie drückte. Sie ließ es sich gefallen, sie rückte ihm näher, ihr Kopf neigte sich immer mehr zur Seite, bis er ihm an die Schulter sank. Sie hatte einen kleinen Rausch.

Draußen war es stockdunkel. Regen klatschte ans Fenster, ein starker Wind hatte sich aufgemacht und heulte mit wilder Stimme. Ungestüm stieß er gegen das Haus, die Läden klapperten, lose Riegel drehten sich kreischend. Es war ein seltsames Pfeifen und Ächzen, ein unheimliches Wimmern in der Nacht.

Peter war ganz beim Spiel, auf seinen Backenknochen zirkelten sich rote Flecken ab. Der Reisende schenkte ihm wacker ein; er trank wacker aus. Er hatte einen unauslöschlichen Brand in sich, einen Durst, der gar nicht zu stillen war. Schon wurde sein Blick unklar, er sah alles doppelt. – – – Da war das Talerstück, nicht einmal, nein, zwei, drei, vier, fünf, sechs, siebenmal – hundertmal! Hei, die Taler! Das war schön, wenn die sich so mehrten. Taler – wie die sich in der Hand fühlten, glatt und rund! Taler – die klapperten im Sack; herrliche Musik! Taler – die machten den Knecht zum Herrn, das arme Pittchen zum reichen Peter! Taler – Taler – – –!

Er schnalzte mit der Zunge und leckte sich die Lippen; der Gaumen war ihm trocken, sein Schlund war so ausgebrannt, wie oben der Krater auf dem Mosenkopf. Mechanisch ergriff er sein schon wieder gefülltes Glas und trank es leer auf einen Zug.

»Glück im Spiel, Unglück in der Liebe«, lachte der Reisende und legte der verschlafenen Zeih den Arm um die Schultern. »Da, stecken Sie ein, Sie haben ihn gewonnen!« Er schob den Taler über den Tisch.

Peter faßte gierig zu und hielt dann das Talerstück fest in der krampfhaft geschlossenen Faust. Er achtete es nicht, daß der Herr jetzt die Zeih küßte; all seine Sinne, sein ganzes Denken waren bei dem runden Silber. Es blinkte überall, auf dem Tisch, auf dem Boden, an den Wänden, es füllte den Raum von der Diele bis zur Decke.

»Ta-ler«, lallte er.

»Ehr-lich – ge-won-nen!« sagte der Reisende. Jede Silbe kam zwischen einem Schlucken. Er war auch nicht mehr ganz nüchtern.

»Mei – mei Kleid«, stammelte die Zeih.

Es wurde still in der Schenkstube, das Spiel hatte ein Ende.

Der Reisende hielt die Zeih im Arm; sie staunte mit starr aufgerissenen Augen, in stummer Bewunderung, seine dicke goldene Talmikette und die falsche Brillantnadel in seinem Schlips an.

Peter saß am Tisch in seiner beliebten Stellung, beide Ellbogen aufgestützt, den Kopf zwischen die Hände geklemmt, und stierte vor sich hin. In seiner Brusttasche brannte der Taler, durch Rock und Hemd durch fühlte er ihn, bis auf die bloße Haut.

Da schlorrte was draußen an der Tür. Nun wurde sie geöffnet, die alte Schneidersch wankte herein. Ein großes Tuch hatte sie über den Kopf gezogen; geblendet, wie eine lichtscheue Eule guckte sie darunter vor.

»Was ist denn das für ein Hutzelweib? Haha! Nur herein, Hutzelweibchen«, schrie der Reisende.

Träumte der Peter, oder wachte er? Wie hinter einer dicken Mauer, die den Schall dämpfte, hörte er die Alte sprechen. Horch! Sagte sie nicht, das Bäbb wäre tot, und der Peter Miffert sollte kommen, den Sarg zunageln? – – –

Er fuhr auf aus seinem Dusel; die scharfe Stimme der Alten zeterte nach dem Krumscheid, und als dieser kam, verlangte sie Branntwein, ein halbes Mäßchen.

»Dat Bäbb es schwaach gefaal*, eweil moß et ebbes Herzliches einholen.« Sie kostete und leckte sich dann die Lippen. »Duh werd et schuns noch ehmaol ufgerappelt gänn. Ah –!«

»Reiwt er aach ebbes unner de Naos«, riet der Wirt.

»Sauft hän net onnerwegs aus«, schrie Peter.

Er wurde plötzlich so wütend, daß er Miene machte, sich auf die Schneidersch zu stürzen. »Wat haot Eich dat arm Dier gedahn, dat Ihr et krepiere laoßt, lao hinnen im Stall – hä?«

Er rüttelte die Alte. »Wuh es de Weis-Fra, hä, dau schandluse, alde, knahschtige** Hex?!« Seine Hand hob sich zum Schlag, die Alte wich aus, das Mäßchen wackelte, kippte über, der Branntwein floß auf die Diele.

Kreischend und schimpfend kauerte sich die Schneidersch nieder und tupfte mit dem Finger den köstlichen Fusel auf; sie leckte und schleckte, am liebsten hätte sie die Diele mit der Zunge aufgewischt.

Der Reisende wand sich vor Lachen – war dieses arme Volk urdrollig! Er lachte Tränen.

Peter stand mit geballten Fäusten; wollte er die Alte niederschmettern? Nein, er gab sich selbst eins vor die Stirn, daß er ein paar Schritt zurücktaumelte.

»Wirt, geben Sie der Frau doch 'n ordentlichen Droppen für ihren Durst«, rief der Reisende. »Hahaha! Auf meine Rechnung!«

Krumscheid näherte sich mit Schnapsflasche und Mäßchen; fluchend riß ihm Pittchen die noch halbvolle Buttel aus der

* ohnmächtig geworden ** geizig

Hand, setzte sie an und trank sie leer. Grell lachend taumelte er dann gegen die Wand.

Er hatte genug. Jetzt fühlte er nicht mehr Gewissensbisse, jetzt hörte er nicht mehr Jammern und Winseln draußen in der Nacht. Jetzt plagte ihn der Taler nicht mehr, der Teufel, der rund und blank über den Tisch kollerte.

Mit verglasten Augen, den Kopf auf die Brust hängend, torkelte er zur Stubentür.

Zeih sprang auf. »Eweil moß ech giehn, ech kann eweil net mieh hei bleiwen!«

»Warum nicht gar?!« Der Reisende zog sie mit Gewalt nieder »Jetzt bleibst du erst recht hier, mein Schätzchen!«

»Ech moß hän hämführen. Hän könnt en Malör kriehn, mei Pittche!«

»Der?! Haha! Wenn er im Dreck liegt, wird er schon aufstehn. Donnerwetter, was der Wind heult! – Scheert Euch fort, alte Madam, so verlegne Ware wird nicht mehr verlangt – haha! – – – auf meinen Schoß, schöne Zeih!

Dann setzen wir uns hin
Wohl auf das Kanapee – –«

VII.

Erster Flatterschnee war gegen Morgen gefallen, in die Lachen und Pfützen gesunken und da zerflossen; aber er strömte, auch nicht mehr sichtbar, eine winterliche Kälte aus. Er steckte in der Luft, die naßkalt und scharf wie mit Messern schnitt; er dräuete in dem Himmel, der gleichmäßig grau und schwer überm Tal hing.

Verschrumpelter schienen die wenigen Blätter, die Ebereschen hatten ihre letzten Beeren verloren; Krähen kamen unruhig von den Bergen herunter und saßen krächzend auf den Dachfirsten.

Wer kein Reisig aufgestapelt hatte, fror; die Hütten waren dumpf wie die Keller.

Peter Miffert lag noch im Bett; die zerlumpte Decke hatte er bis an die Nase gezogen, aber er schlief nicht. Mit düstren Augen starrte er nach Lucia, die am kalten Herd saß, das Kind an der Brust.

Sie hatte sich einen alten Deckenfetzen um die Schultern gehängt, fröstelnd zog sie ihn fest um sich. Sie war ganz blaß, nur ihre Nasenspitze rot verfroren; jetzt nieste sie, und das Josefchen hustete.

Peters Stirn zog sich in noch tiefere Falten; über der linken Braue hatte er eine mächtige Beule, das Auge war schwarz-blau unterlaufen. Der Kopf schmerzte ihn und war so schwer wie ein Wackerstein; er stöhnte.

»Willste ebbes, Pittchen?« Zeih sah nach ihm hin.

»Et es kalt – brrr.« Er klapperte mit den Zähnen.

»Ech haon ken Holz.«

»Verflucht!« Peter drehte sich nach der Wand um und sprach nicht mehr.

Sie sagte auch nichts. In der Stube war's frostig, noch frostiger durch das Halbdunkel, das darinnen herrschte; Zeih hatte einen Lappen vor das Fensterchen gehängt, sonst pfiff der Wind allzu ungehindert durch die Ritzen. In trauriger Mißfarbe schimmerten die nackten Wände, hie und da war der Bewurf abgebröckelt, und der rohe Stein kam zum Vorschein. Im Estrich waren tiefe Mulden ausgetreten. Der Holztisch war lange nicht gescheuert, Bank und Schemel auch nicht; auf dem Tellerbord standen die Schüsseln zerbrochen.

Lucia gähnte, es war ihr recht öd im Magen; prüfend sah sie sich um – war denn gar nichts da, um die Flauheit wegzubringen und den Hunger, der allmählich anfing, ihr den Magen zusammenzukrampfen? Ein warmer Kaffee würde ihr guttun. »Ha!« Sie schmeckte ihn schon in Gedanken.

Leise, um ihren Mann nicht zu stören, schlich sie auf den Zehen an den Tellerbord. Auch nicht eine Bohne mehr in der Tüte, kein Happen Brot mehr da!

Trübselig starrte sie vor sich hin; da fiel's ihr plötzlich ein, hatte der Peter nicht was gewonnen, gestern abend beim Kartenspiel? Daß sie das vergessen konnte! Ja, einen Taler, einen ganzen harten Taler! Vor Freuden machte sie einen Satz, daß ihr das Kind fast aus den Armen geglitten wäre; sie lief ans Bett.

»Pittchen, hä, Pittchen, mir haon jao wat vergäß!« Sie lachte und fing an, Hose und Rock, die am Fußende lagen, zu untersuchen. »Hei!« Sie hielt triumphierend den Taler in die Höhe, »eweil sein mir aus aler Bredullich*!«

Er hatte sich halb aufgerichtet, mit blöden Augen starrte er sie an. Jetzt schien ihm plötzlich das Verständnis zu dämmern, mit einem Satz war er aus dem Bett und zog ihr den Arm herunter. »Giefste här!«

Sie nahm das als Spaß und lachte vergnügt.

Er riß ihr unsanft das Geldstück aus der Hand. »Onnerstieh dech noch ehs. Dän Dahler es mein!«

»Äwer Pittchen!« Ganz betroffen sah sie ihn an – was war ihm denn? Sonst behielt er doch nichts für sich!

Sie streckte wieder die Hand aus: »Gief doch här, ech moß ebbes kaafe giehn. Et es su kalt hei, ons Josefche hust!«

»Laoß mech zofrieden«, murmelte er, sprang wieder ins Bett und hielt den Taler in der geschlossenen Faust unter der Decke versteckt.

* Verlegenheit

»O Jesses, on ech haon e su en Appetitt!« Tränen füllten rasch ihre Augen, aber sie sagte nichts mehr; Vorwürfe machen war nicht ihre Art, sie nahm's eben, wie's kam. Resigniert setzte sie sich wieder auf ihren Schemel.

Das Kind fing kläglich an zu wimmern; Peter sah das erbärmliche Gesichtchen, so welk und alt wie das eines Alraunen. Er sah die dünnen winzigen Hände, die in der Luft herumgriffen, und jetzt hörte er das Husten, das Rasseln auf der kleinen Brust und den pfeifenden Atem. Er sah auch, daß Zeih weinte. Die dicken Tränen rollten ihr über die heut gar nicht blühenden Wangen. Sie kam ihm plötzlich ganz elend und abgezehrt vor.

Es gab ihm einen schmerzhaften Stich durchs Herz; nur ein Wort hätte es ihn gekostet, eine Handbewegung: ›Da hast du den Taler‹, und sie wäre aufgesprungen mit einem lustigen Juchhe, Freudenröte auf den Wangen.

Nein, nein! Wie ein Verzweifelter preßte er den Taler zwischen den Fingern; er konnte sich nicht von ihm trennen. Der lag wie Blei in seinen Händen, der klebte daran fest. Als hätte das tote Metall Leben bekommen, so dehnte es sich in seiner Hand – es wurde größer und größer, immer schwerer und schwerer, es nahm ihn ganz in Beschlag mit Leib und Seele, es wuchs und wuchs. – – Und eine Stimme bekam es, die flüsterte, nur ihm allein verständlich, flüsterte und flüsterte – – –

Durch Peters Kopf rasten seltsame Gedanken. Sie wurden darin herumgewirbelt, wie welke Blätter im Gewittersturm. Düster hafteten seine Blicke auf dem weinenden Weib und dem elenden Kind, glitten an den öden Wänden auf und nieder und fuhren unstet durch die kalte armselige Stube.

Immer dringlicher flüsterte die verführerische Stimme, immer verständlicher, immer klarer; und er lauschte ihr, den Kopf auf die Brust geneigt, ganz versunken.

Es klopfte; er fuhr aus seinem Brüten auf.

Ein kleiner Schuljunge trat ein, Tafel und Federrohr unter den Arm geklemmt; sehr wichtig und hochgeehrt durch den ihm gewordenen Auftrag, brachte er seine Botschaft vor:

»Dän Pittchen soll eweil gleich beim Hähr Pastor in de Kerch kommen, dän Kronleuchter es erunner geporzelt. Hän leit eweil uf em Boden!«

»Laoß hän liegen«, brummte Peter. Er war unwillig, wollte nicht gestört sein; er mußte lauschen, der Stimme lauschen, die so vernehmlich zu ihm sprach: ›Arm, arm – warum brauchst du arm zu sein? Es liegt nur in deiner Hand – in deiner Hand!‹ Ja, in seiner Hand lag das Talerstück, das kleine und doch so mächtige Ding, das, nur von Menschenhand geschaffen, doch die Welt regierte, tausendmal mächtiger, wie der Herrgott im Himmel.

»Wat stiehste noch hei?« fuhr er den Knaben an. »Hei gänn kein Maulaffen feil gehaal!«

»Ihr sollt eweil kommen, bei den Hähr Pastor«, beharrte der Junge.

»Jao, gieh doch, Pittchen«, mischte sich die Zeih ein.

»Ech haon ken Zeit!«

»Äwer bei den Hähr Pastor«, sagte Lucia vorwurfsvoll, »bei dän gaastlichen Hähr?! Daor muß mer doch giehn!«

»Gaastlich oder net gaastlich, ales ein Packasch! Laoß mech zufrieden!« Er hob die Hand gegen den Knaben:

»Maach, datste eraus kömmst!«

»Gieh daor, Pittchen«, redete Lucia zu. Sie hatte das Kind hingelegt und faßte ihren Mann nun kräftig unter die Achseln. »Eweil kriehste villeicht ebbes zu verdienen!«

»Ae, verdienen! Ech peifen druf!«

»O Jeß, dän Honger!« Zeih hielt sich den Leib und krümmte sich. »De Gedärm sein mer eweil schuns binnewennig zusammengeschnorrt – Pittchen, gieh doch!«

»In drei Deiwels Naomen!« Fluchend streckte er ein Bein aus dem Bett, wie ein Pfeil schoß der Knabe zur Türe hinaus, er fürchtete Prügel.

Lucia lachte hinter ihm drein, und dann hielt sie ihrem Mann die Hose hin. »Dein Buxen, Pittchen! Hei es dat rechte Bein, hei dat linke!« Sie half ihm in die Kleider.

Wie im Traum ließ sich Peter anziehen, seine Gedanken waren weit weg. Zwischen den zusammengezogenen Brauen saß eine grüblerische Falte; er brütete in sich hinein und schrak zusammen, als ihm Zeih mit einem lachenden ›Färdig‹ die Mütze aufs Haar stülpte.

Er sah nicht rechts noch links; mit hängendem Kopf, den Blick zu Boden gesenkt, mit schlaff baumelnden Armen und schlorrenden Füßen ging er die Dorfstraße hinunter. Er beachtete kein ›Gutentag‹ und keinen Zuruf; er hörte auch nicht den Schrei eines neugeborenen Kindes, der hell und kräftig über den Schneiderschen Hof gellte.

Ehe er in die Kirche trat, zog er in dem versteckten Winkel beim Weihwasserbecken rasch noch einmal den Taler hervor. Sein düstrer Blick wurde heller, wie er das Silberstück betrachtete; falkenscharf. Ein triumphierendes Lächeln umspielte seinen Mund, und um seine Augen zuckten schlaue Fältchen; er stand ganz in Betrachtung verloren. Da, Geräusch! Er fuhr zusammen, blitzschnell verschwand der Taler in der Tasche.

Pferdegetrappel, Räderrasseln. Ein Wägelchen nahte; der Reisende fuhr vorbei, zum Dorf hinaus. Peter streckte den struppigen Kopf um die Ecke und sah ihm mit höhnischem Grinsen nach, dann tunkte er gewohnheitsmäßig den Finger ins Weihwasser, bekreuzte sich flüchtig und trat in die Kirche.

Drinnen war der geistliche Herr. Die Hände überm Bauch gefaltet, auf dem guten Gesicht den Ausdruck ratloser Verzweiflung, stand er vor den Trümmern des ehrwürdigen Kronleuchters.

Mitten ins Schiff war der heruntergestürzt; viele, viele Jahre hatte er schon an der weißgetünchten Decke gehangen, seine tropfenden Kerzen hatten an hohen Feiertagen gebrannt, mit ihrem zitternden Licht den Andächtigen geleuchtet und dem geheiligten Raum eine noch höhere Weihe verliehen. Wie ein himmlischer Strahlenkranz, ewig wie Sonne, Mond und Sterne, hatte er über der Gemeinde geschwebt; da war kein Mensch im Dorf, der nicht mit Stolz zu dieser Hauptzierde des Kirchleins hinaufgeblickt und bei besonderen Gelegenheiten eine Kerze in den Kranz gestiftet hätte.

Nun lag der Kronleuchter unten. Die Vergipsung an der Dekke hatte sich gelöst, in einer Wolke von Staub war er niedergefahren, mit einem dumpfen Dröhnen aufschlagend; Schutt und Kalk kamen nachgeprasselt, ja, ein ganzer Mauerstein.

Schreckensbleich eilte der Küster zum Pfarrer. Wer sollte den Schaden nun reparieren? Das Einmauern war nicht so schwer, aber der schöne Kronleuchter war arg zugerichtet; seine zinnernen Arme waren verbogen, die Stacheln, drauf die Kerzen gespießt wurden, und viele der flachen Lichttellerchen darunter abgebrochen.

Der Pfarrer rang die Hände, der Küster jammerte. Was würde das kosten, ließ man einen Künstler kommen, der das wieder herstellen konnte?! Oder gar das kostbare Stück per Achse weit über die Berge zu schaffen! Immer wieder wischte sich der geistliche Herr mit dem Sacktuch über die Stirn, nahm auch eine Prise um die andre und trommelte nachdenklich auf die Schnupftabaksdose.

Endlich sprach eines der Weiber, die sich neugierig eingefunden hatten, von Pittchen.

Der konnte alles. Der einen hatte er einen neuen Boden in den Milcheimer gesetzt; der andren die Wanduhr, die immer stehen blieb, zum Gehen gebracht; dieser das plattgetretene und verbogene Amulettchen mit den heiligen drei Königen schön aufgehämmert; jener den in zwei Stücke gebrochenen Ehering so zusammengeflickt, daß ihm kein Mensch mehr was ansah. Ohrringel, Broschen und Kreuzchen, Uhren und Ringe und Hausgerät, alles konnte der Peter ganz machen, wenn er nur wollte. Warum denn dies nicht?

»Pittchen, holt Pittchen!«

Der Herr Pastor drehte auf seinem Heimweg, den er schon trübselig hatte antreten wollen, noch einmal um.

Und nun war der Peter da. Die Hände in den Hosentaschen, mit gespreizten Beinen, das Maul schief gezogen, stand er und besah den Schaden.

»Jao, jao, e su es et. Jao, jao, et es nau e su!« Er wiegte den Kopf und sah schläfrig drein, ohne jegliches Interesse.

»Könntet Ihr das nicht wieder reparieren?« sprach der Pfarrer.

»Nä, nä, dat es net mein Metjä!«

»Seht einmal, Miffert«, – der geistliche Herr bückte sich selber und hob eins der abgebrochenen Stücke auf – »ich denke, das ließe sich wieder anlöten. Das ist Euch gewiß leicht möglich; mit Metall und so was hantieren, löten und hämmern und gießen und feilen, was weiß ich, das schlägt doch in Euer Fach!«

Einen raschen Blick, von unten herauf, warf Pittchen auf den Geistlichen; es war ein eigentümlicher Blick, ein schlauer Blick, in dem zugleich plötzlicher Argwohn dämmerte. »Wat beliewt?« fragte er lauernd. »Wie maant dän Hähr Pastor dat? Ech haon ganz simpel Schlosser gelernt, met su ebbes Apartem haon ech nie neist im Sinn gehatt. Nä, duh mößt Ihr bei ener anneren Dühr ankloppen. Lao kann ech neist bei maachen!«

»Aber Ihr könnt es doch versuchen«, bemühte sich der Pfarrer ihn zu überreden. »Sie sagen alle, Ihr seid so geschickt!«

»Wän haot dat gesaot?« Peter warf einen unruhigen Blick um sich.

»Nun, nun«, – der geistliche Herr lächelte arglos – »das ist doch keine Beleidigung! Du bist zu bescheiden, mein Sohn. Was du zur Ehre der Kirche versuchst, wird dir schon gelingen. Die Heiligen werden deine Arbeit segnen, die allergnädigste Himmelskönigin wird sich deiner erbarmen.« Er hob die Hand. »Sei ohne Furcht.« Und dann in minder weihevollem Ton: »Wir haben da vielerlei altes Zinngerät in der Sakristei; wir wollen einmal nachschauen, Miffert, ob Ihr davon nichts zum Ausbessern verwenden könnt. Zinn schmilzt leicht; schön verarbeitet, ja, ja, kann man's von Silber kaum unterscheiden!«

Wieder dies seltsame, rasche Aufblitzen in Peters Augen. Er widersprach nicht mehr.

In der Sakristei war es kellrig und roch nach Moder und Weihrauch; Peter schloß die Tür hinter sich.

Da hingen Chorhemden und Meßgewänder; ein in Schweinsleder gebundenes Buch lag auf dem Tisch, lauter Requisiten für den Gottesdienst. Peter entsann sich wohl, wie er als kleiner Junge hier einmal hineingeschlüpft war und mit andachtsvoller Neugier alles durchmustert hatte. Die Neugier war noch da, aber die Andacht war weg.

Seine Blicke stöberten in allen Winkeln herum und blieben dann auf dem Schrank in der Ecke haften; da mußte das Zinngerät drin sein! Er hätte hinstürzen mögen, ihn aufreißen – Zinn, Zinn! Bald hielt er's in der Hand, ein Metall, aus dem sich was formen und gießen ließ, man mußte es nur verstehen.

Seine Hand tastete verstohlen nach dem Taler in der Brusttasche. Der war noch da! Er preßte die Hand fest dagegen; so drückte er ihn ans Herz.

Umständlich rasselte der geistliche Herr mit dem Schlüsselbund; endlich hatte er den richtigen Schlüssel gefunden. Knirschend drehte sich der rostige Bart im Schloß; widerwillig gab es nach und sprang so schwer auf, daß Wurmmehl aus der zerfressenen, dunkelgebeizten Schranktür stäubte.

Da stand die Monstranz, verhängt mit weißem Mulltüchlein neben Kelch und Hostienschrein; im zweiten Gefach ein paar Weinflaschen zur Stärkung für den Geistlichen. Und da, im alleruntersten Fach, verstäubt und zerbrochen, lauter altes Gerümpel; darunter eine verbeulte Taufschale. Und hier, mit den gebrochenen Enden herausragend, ein paar in Stücke gegangene Altarleuchter.

Der Geistliche bückte sich und kramte in dem Wust. Peter beugte sich über seine Schulter, den Mund offen, die Augen aufgerissen, rasch atmend.

»Da«, sagte der Kaplan und streckte ihm ein paar Leuchterarme hin, »nur Zinn, aber jetzt Goldeswert. Ist das genug zur Reparatur?«

Peter hatte mit einem raschen Blick alles überflogen; auf die Taufschale sehen und sie über die Schulter des andren weg herauszerren, war eins. »Nä«, sagte er schnell, wog die Schale einen Augenblick in der Hand und versteckte sie dann halb hinterm Rücken, »dat haon ech eweil aach noch nedig!«

»Nimm dir nur! Nimm dir nur, was du brauchst, mein Sohn«, schmunzelte der Pfarrherr, erfreut über Peters Willfährigkeit. »Alles noch aus dem vorigen Jahrhundert, wertloser Plunder; da mußte sich unsere Kirche zu ihren heiligen Zwecken armseliger Zinngefäße bedienen. Aber die Heiligen werden es in deiner Hand segnen. Uff« – er erhob sich seufzend von den Knien und stäubte seine Hosen ab – »ist das eine Ungelegenheit! Hätt' ich das heute morgen geahnt, als ich so friedlich schlummerte! Nun geh, mein Sohn!« Er legte seine Hand wie segnend auf Peters Schulter. »Du leihst deine geschickte Hand zu gutem Werk. Quod bonum felix faustumque sit. Hol dir den Kronleuchter beizeiten ab, der Küster wird dir helfen.«

Peter antwortete nicht mehr; die Taufschale vorn unterm Rock versteckt, die Leuchterarme allen sichtbar in der Hand, eilte er zur Kirche hinaus.

Draußen gesellte sich Tina zu ihm; sie sah verfroren aus und drängte sich dicht an ihn, als suche sie Wärme bei ihm.

»Biste mer bees, Pittchen?«

»Nä«, murmelte er zerstreut.

Sie trippelte neben ihm her. »Pittchen, maachste am Sonntag met nao Oberkail? Se danzen beim Pauly. Holste mech bei de Muhsik, dann« – in ihrem Blick lag eine glühende Verheißung.

Als er schwieg, funkelten ihre Augen; sie verzog spöttisch den Mund. »Olau, et es nor gud, dat dernaoch de Mannsleider widder kommen. Dau bis e su en power Luder, hast net emaol e Kastemännche, om dei Mädche zo traktieren!«

Das traf! Er fuhr in die Brusttasche und ließ seinen Taler um ein weniges herausblinkern. »Kuckste eweil, dat ech net e su power bin, hä? Wann ech nor will. Äwer« – er schüttelte verneinend den Kopf, drehte ihr den Rücken und ging mit großen Schritten davon; er lahmte heute gar nicht, er ging so aufrecht und forsch, wie einer, der den Sieg in der Tasche trägt.

Mit offnem Mund sah ihm Tina nach – einen Taler, so viel Geld?! Wie der Wind lief sie hinter ihm drein; als sie ihn erreicht hatte, faßte sie ihn am Rockschoß. »Hä, Pittchen, hä, wuher haste dän Dahler? Saot mer doch, Pittchen, mein liew Pittchen!«

Er besann sich einen Augenblick, dann lächelte er verschmitzt. »Geärwt«, flüsterte er ihr ins Ohr. »Pst, pst, Maul gehaal! Dau darfst niemand neist dervon saon, ech kriehn noch mieh. Äwer« – er schlug sich selbst auf den Mund.

»Ech saon neist, waohrhaftgen Godds«, versicherte sie.

»Eweil holste mech aach bei de Muhsik, gäl?« Sie schmeichelte ihm und zog ihn abseits zwischen die Hecken, die, obgleich entlaubt, doch noch guten Schutz boten. Dort küßte sie ihn stürmisch und gierig.

Ihm wurde ganz duselig im Kopf, eine wilde Freude bemächtigte sich plötzlich seiner. Alles konnte er haben, alles! Mit einem Jauchzer schlang er den Arm um Tinas geschmeidigen Leib und lupfte sie in die Höhe. –

So fleißig wie diesen Nachmittag war Peter noch nie in seinem Leben gewesen. Aus allen Ecken stöberte er seine selten benutzten Werkzeuge auf, schimpfte laut, wenn ihm eins fehlte, und ruhte nicht eher, als bis er alle zusammen hatte.

In der Rumpelkammer neben der Stube, die nur durch eine Luke spärliches Licht erhielt, richtete er seine Werkstatt her. Den Tisch schleppte er dorthin, die einzige Lampe und den Schemel.

Lucia sah lachend zu, sie wußte nicht, was sie davon denken sollte. Als sie den Einwand machte, daß er ihr das Beste aus der Stube wegtrage, kniff er sie zärtlich in die Wange und kitzelte sie unterm Kinn.

»Dau sollst et schuns kommod kriehn«, brummte er und lachte in sich hinein; nahm dann einen Hammer und probierte ihn auf dem Tisch. »Eweil noch net, äwer bal. Dän Pittchen es en Filu. Gudendag, Dahlerpittchen«, er machte einen Kratzfuß, »wat kost de Welt?!«

Stolz richtete er sich auf, warf sich in die Brust und summte:

»Dahler, Dahler, dau mußt wannern
Von der anen Hand zor annern,
Dingderlink, Dahler dau – – –

Himmelkreizgewieder!« schrie er, zusammenschreckend, dann plötzlich seine Frau an, »wat willste hei? Weibsbiller han hei neist zo suchen!« Er schob sie aus der Kammer und schloß zu.

Mit dem Kind auf dem Arm ging Lucia hinunter ins Dorf. Trotz des unlustigen Wetters ständerte sie an den Türen herum und schwatzte. Diese und jene rief sie herein; dann setzte man ihr einen Kaffee vor und ein Schmierchen und fragte sie aus nach Leibeskräften.

Wie ein Lauffeuer hatte sich's im Dorf verbreitet: der Miffert hatte eine Erbschaft gemacht! Wer es ausgebracht, wußte man nicht recht; aber man schwur darauf, wie auf das Amen in der Kirche.

Lucia lachte harmlos dazu, sie sagte nicht ›nein‹ und nicht ›ja‹ – was wußte sie denn davon? Aber sie nützte die Gelegenheit; so bereitwillig zum Geben waren die Weiber noch nie gewesen. Als sie wieder zur Hütte hinaufstieg, war sie schwer beladen mit Kartoffeln, Brot und Speck; sie hatten für ein paar Tage genug daran. Satt und behaglich schlief sie ein.

Erst lange nach Mitternacht, die Hähne krähten schon den grauenden Morgen an, suchte Pittchen sein Lager auf.

Aus dem Spiegelscherben neben dem Bett starrte ihn ein fahles, seltsames Antlitz an. So hatte der Peter noch nie ausgesehen, er erschrak vor sich selber. Seine Lippen waren fest aufeinandergepreßt, als hätten sie ein Geheimnis zu verschließen; seine Augen fuhren scheu lauernd umher wie die eines Diebes, der Überraschung befürchtet.

Eine Maus kraspelte; er schrak zusammen und löschte rasch das Lämpchen.

Ein Mondstrahl stahl sich durch das verhängte Fensterchen und malte helle, runde Lichtflecke auf die Tür zur Nebenkammer. Peter schlüpfte im Hemd, auf bloßen Füßen ans Fenster und zog den Lumpen fester vor, prüfte sorgsam, ob die Tür der Werkstatt verschlossen und verbarg den Schlüssel hinter einem losgebrochnen Stein des Herdes.

Dann erst kroch er fröstelnd ins Bett. Aber er wurde nicht warm. Von Schauern überrieselt, mit brennenden, weitoffnen Augen lag er, von Zweifeln und Ängsten beschlichen. Würde es ihm auch gelingen?! – – – Was hatte der Pfarrer gesagt? ›Die Himmelskönigin wird sich deiner erbarmen!‹ – – – »Ech gelowen der en Kerz, e su dick wie mein Arm, nä, noch dicker«, murmelte er. »Nä, zwa! On en Kleid von Seid, on Messen for de armen Seelen im Fegfeuer.«

Bah, was ging denn nur mit ihm vor?! Er riß die gefalteten Hände auseinander – so rasch ein Betbruder geworden? Das sollte ihm fehlen! Seine Gesichtsmuskeln zuckten in einem höhnischen Grinsen – nur keine Furcht!

»Wän net wagt, dän net gewinnt,
Wän net sucht, dän net findt«,

sagte er sich laut vor. Wo Reichtum und Armut so ungerecht verteilt sind, muß man da nicht selber suchen, sich was zu verschaffen? Wer zuerst beim Weihwasser ist, segnet sich zuerst. Und hatte ihm die Heilige nicht selber den Weg gewiesen?

»Jao, jao«, – er bekreuzte sich nun doch unter der Bettdecke – »unsre liebe Fra, gelowt sei se!« Die hatte das so gewollt; die war dem Pittchen gut, wie alle Weiber. Die hatte den Kronleuchter stürzen lassen; die hatte ihm das Zinn und das silberne Taufbecken in die Hände gespielt; die hatte dem armen Pittchen helfen wollen, die würde ihn auch ferner nicht im Stich lassen.

Seine Aufregung legte sich allmählich, die finstren Falten auf seiner Stirn glätteten sich.

Allerhand liebliche Bilder kamen. Wenn er sich auch erst unruhig warf und stöhnte, daß die Zeih aufwachte und erschrocken den Arm um seinen Hals schlang, bald schlief er sanft.

Er lag noch und schnarchte, als der Pfarrherr den Küster schickte und fragen ließ, wie dem Pittchen die Arbeit gelinge?

VIII.

Der alte Krumscheid knallte mit seiner Peitsche, daß Krähen und Spatzen entsetzt aufflatterten und magere Häschen sich in den kotigen Ackerfurchen versteckten. Wenn die Peitschenschnur sich in den nackten Ebereschenzweigen rechts und links von der Straße, verfing, fluchte er und riß und zerrte. War es ihm endlich gelungen loszukommen, weifelte er hin und her und setzte dann in Bogen und Zickzacklinien seinen Heimweg fort.

Er kam von Spang-Dahlem, da hatte er eine trächtige Kuh verkauft; ein gut Stück Geld trug er im Lederbeutel, unterm Mantel versteckt, auf dem Leib. Kein Wunder, daß er einen Kleinen sitzen hatte; in Oberkail war er auch noch einmal eingekehrt.

Als er zum Dorf hinaus war, stieß er auf Pittchen; fast schien es so, als hätte der da auf ihn gepaßt. Pittchen kam auch von Oberkail, hatte sich beim Maurer dort ein Säckchen Gips geholt, eine recht reichliche Portion, zum Eingipsen des Kronleuchters in der Kirche.

Sie redeten dies und das. Der Krumscheid war sehr guter Laune, und Pittchen ging ihm um den Bart, so geschmeidig wie eine schnurrende Katze ihrem Herrn um die Füße streicht. Zuletzt wurde der Alte vertraulich; wenn er gar so sehr schwankte, stützte Peter ihn.

»Gud gelaoden«, lallte Krumscheid und schlug sich auf den Bauch, daß es lieblich im Lederbeutel klimperte. Und dann blinzelte er, von der Seite her, dem andren dummpfiffig ins Gesicht. »No, bei Eich werd et eweil aach bal klimpern, wat? Saot« – er flüsterte wichtig und spitzte neugierig die Ohren – »mir könnt Ihr't eweil dreist anverdrauen, wän – wän« – der Schlucken stieß ihn – »wän haot Eich – ebbes – ver – vermaacht?«

»Jongfra Maria!« Peter flüsterte auch und legte dann, sich scheu umsehend, dem Angetrunkenen die Hand auf den Mund:

»Still, äwer still, dat se 't net hört! Dat haot se net gären. Wann mer dervon babbelt, krieht mer de Krankhaat!«

»Wän haot Eich – ebbes – ver-maacht – wän?« Der Alte riß blöd die Augen auf.

»Hei dän Däumerling«, lachte Peter und streckte seinen Daumen in die Höhe.

»O dau Filu!« Der Krumscheid stieß ihn kichernd in die Seite. »Ihr spillt jao Kumedi! Ihr wollt et nor net saon!«

»Kann sein, kann aach net sein!« Peter zuckte die Achseln. »Äwer, Krumscheid, hört ehs« – er zwinkerte vertraulich – »seid eweil su gud on lehnt mer e paor Dahler, Stücker aacht oder ziehn. Ihr krieht se met Zönsen widder, e su bal ech – no, Ihr waaßt jao schuns! – E su bal ech ausgezaohlt gänn!«

»Lehnen – Dahler –?!« Trotz seiner Trunkenheit wurde der Alte argwöhnisch; er hielt die Hände vor den Bauch, als wolle er so die Taler schützen. Sie waren unweit Schwarzenborn, ein starker Wind blies über die kahle Höhe; der Alte torkelte, daß er sich kaum aufrecht halten konnte.

Peter packte ihn fest unter den Arm. »Met Zönsen widder«, raunte er ihm ins Ohr. »Anstatts ziehn, fünnefziehn Dahler! Dat es en Geschäft, gäl? Hört Ihr dän Wind? Wie dän heult! Wann ech Eich loslaoßen, eweil kullert Ihr hei dän Berg erunner, bonz onnen, bonz owen! Se können Eier Knöchelcher anzeln ufsuchen.«

»Jesses!« Der Alte klammerte sich fest an den stützenden Arm. »Kriehn ech se dann aach widder, mein Dahlersch?« stammelte er ängstlich.

»Uf Ehr on Säligkaat«, sagte Pittchen feierlich. »Hopp! Maacht, gieft Obacht, eweil kunnt Ihr dat Genick brächen, wann ech net derbei waor!«

»Jeßmarijusep!« Der Alte knöpfte schon seinen Mantel auf; Pittchen half ihm dabei, allein konnte der Krumscheid nicht mehr damit zu stande kommen.

Auf einem Stein am Weg kramten sie den Beutel aus; die Papierscheine schob Pittchen mit Verachtung zurück, aber die harten Taler, die darin waren – grade acht – packte er mit Gier. Er betrachtete sie scharf – lauter Taler verschiedener Prägung, schon durch viele Hände gegangene; die Bildnisse verwischt, die Schrift nicht mehr leicht leserlich, das fein Gekerbte des Randes etwas abgegriffen. Er klopfte sie prüfend an den Stein. Waren sie auch echt? Sie gaben keinen sonderlich hellen Silberklang mehr.

Mit einem tiefen Aufatmen, sehr befriedigt, steckte er sie in die Tasche. Dann führte er, sorgsam wie eine Mutter, den jetzt völlig Sinnlosen den abschüssigen Weg ins Tal, leitete ihn gutmütig bis in die Schenkstube und half ihm sogar selber noch ins Bett.

Es war ganz dunkel, als er nach Hause ging.

Zeih hatte ein Talglicht brennen; eine leere Flasche diente als Leuchter. Sie hatte es auf den nun einzigen Schemel der Stube gestellt und kauerte davor am Boden, wie ein Türke, mit untergeschlagenen Beinen.

Josefchen schlief fest in seinem Weidenkorb; sein Gesichtchen, mit dem unkindlich spitzen Näschen und den wachsgelben Wänglein, sah aus wie das eines toten Kindes.

Das armselige Licht flackerte mit langer Schnuppe und stank abscheulich nach ranzigem Fett; auf dem Herd schwehlte Reisig, warf ab und zu einen aufzuckenden Schein über die Wände und sank dann jäh wieder zusammen. Das gab dem öden Raum etwas Leeres, Ausgestorbenes. Die nackten Mauern glichen Grabmauern in der gespenstischen Beleuchtung.

Nur Zeih atmete volles Leben. Über ihrer üppigen Brust straffte sich die bunt-baumwollene Nachtjacke, der oberste Knopf war nicht geschlossen, man sah die weiße Kehle schimmern. Aus den Flechten hatte sie die Haarnadeln gezogen, nun hingen sie ihr halbgelöst herunter, und das flackernde Licht warf einen goldenrötlichen Glanz auf ihr Braun. So sah sie fast mädchenhaft aus, trotz ihrer Fülle von einer keuschen Lieblichkeit.

Mit flinken Fingern kramte sie in dem bunten Gelappe auf ihrem Schoß – hier ein Bandflickchen, da ein Spitzenendchen – es war rätselhaft, wo sie das alles aufgetrieben hatte. Nun langte sie neben sich und hielt die Taille des roten Sonntagskleides gegen's Licht – an der Brust ganz speckig gerieben, alle Nähte blank, der Stoff so fadenscheinig abgetragen, daß das Licht durchschimmerte wie durch ein Spinngewebe.

Sie seufzte. Schade, daß das neue Kleid nicht schon fertig war! Der Stoff war noch nicht einmal angekommen; was hätte sie sonst für einen Staat machen können, morgen zu Oberkail! Jammerschade! Ein paar Augenblicke ließ sie die Lippen hängen, aber gleich darauf hoben sich die Mundwinkel wieder in einem vergnügten Lächeln. Ei was, amüsieren würde sie sich auch in dem alten Kleid, war nicht der schöne Gendarm da?! Und wenn der nicht, dann doch andre!

Es wurde ihr heiß, wenn sie an die Lustbarkeit dachte; sie öffnete die Nachtjacke weiter über der Brust. Pittchen mußte mit ihr hingehn, er mußte; hei, das würde fidel werden! Sie hielt den hübschen Kopf schief über ihre Arbeit geneigt und summte sich halblaut eins.

Da knarrte die Tür; Peter trat ein.

Mit einem unterdrückten freudigen »Jesses« sprang sie ihm an den Hals.

Er war durchfroren; das Haar hing ihm, vom Nebel genäßt, in die Stirn.

Sie ließ ihn gar nicht zu Atem kommen. »Pittchen, wir maachen morjen nao Oberkail, gäl? Dau giehst met mer dan-zen, gäl?« Sie flüsterte und drückte ihn heftig an ihre weiche volle Brust.

»Wat dann?« Er sah sie verwundert an. »Wie kömmste e su im Momang dao druf? Wän haot dir dat in dän Kopp gesetzt?«

»Dat Tina waor hei«, sagte sie hastig. »Et saot, dau hättst em versproch, dau wollst et metholen nao Oberkail. Kuckste hei?« Sie hielt ihm die Wange hin, über deren weiches Fleisch sich ein scharfer Kratz zog. »Wir haon en ordentlichen Diskurs gehaott. Äwer ech gieh met. Jesses« – sie machte einen kleinen Hopser – »ech hören se schuns fiedeln! Gäl, Pittchen, mir giehn daor?« Sie blinzelte ihn mit schwimmenden Augen an.

»Dat Tina, dat frech Mensch«, murrte Peter und kratzte sich mißmutig hinter den Ohren. »Ech giehn net nao Oberkail, ech haon ken Zeit!«

»Olau!« Lucia lachte ihm ins Gesicht, und dann sagte sie ernsthaft: »Dän Küster waor hei, hän wollt kucken, wie weit daste als met dem Kronleuchter wärst. Hän wollt et absolut wissen; hän saot, dän Hähr Pastor däht em schicken. Mir wollten in de Kammer kucken, mir haon versucht –«

»Onnerstieh dech noch ehs!« Peter fuhr sie so heftig an, daß sie betroffen zurückwich. Mit großen Schritten eilte er zur Kammertür, zog den Schlüssel aus seiner Tasche und stieß ihn ins Schloß; dann krachte er hinter sich zu. Zeih hörte, daß er zweimal herum zuschloß.

Er blieb sehr lange in der Kammer; als sie ihn zur Abendsuppe rief, war ein dumpfes Grunzen seine einzige Antwort.

Sie klopfte und schlug gegen die Tür. »Pittchen, hörste dann net? Pittchen! Eweil sollste kommen, Pittchen!«

Urplötzlich, mit einer solchen Vehemenz trat er heraus, daß er ihr die Tür gegen den lauschend vorgeneigten Kopf stieß. Er beachtete nicht, daß ihr die Tränen in die Augen schossen; stumm und hastig schlingend, verzehrte er am Herdrand das Mus und die paar vom Mittag übriggebliebenen kalten Schalenkartoffeln.

Als er satt war, kam eine ruhigere Stimmung über ihn; er ließ seinen heißen Kopf wie erschöpft an Lucias Schultern sinken und umfaßte ihren Leib. »Dat waor en Strawatz«, stieß er unwillkürlich heraus, »hährjeh!«

»Wat dann?« fragte sie zerstreut; sie dachte nur an den morgenden Tanz.

Ohne zu antworten, wühlte er den Kopf immer tiefer.

Sie strich mechanisch über sein Haar, vor ihren Augen drehten sich die Tänzer.

Er murmelte in sich hinein: »Mer kann jao eweil dat Läwen net mieh mantenören*.« Und dann fuhr er plötzlich auf: »Zeih, freu dech!«

»Dau giehst met mer nao Oberkail? O dau Pittchen!« Froh überrascht drückte sie ihm einen schallenden Kuß auf die Backe. »Nao Oberkail!«

»Gieh met wäm datste willst! Laoß mir mein Ruh!«

* aushalten, ertragen

Heftig sprang er auf und eilte in die Kammer; wieder schloß er hinter sich zu. – – –

Zum zweiten Mal schon wachte Lucia in dieser Nacht auf, und noch immer lag ihr Mann nicht neben ihr. Schlaftrunken rieb sie sich die Augen. Unter der Schwelle der Kammertür stahl sich noch ein Lichtstreif in die Stube; nun hörte sie auch drinnen noch hantieren, hastiges Hinundhergehn und unterdrücktes Fluchen.

Sie bedauerte ihren Mann; was der sich plagen mußte!

Seit der Kronleuchter im Hause war, war das arme Pittchen wie behext; wär' der nur geblieben, wo der Pfeffer wächst!

Leise schlich sie sich aus dem Bett und lugte, mitleidig und neugierig zugleich, durch den Spalt, der mitten im Holz der Kammertür klaffte. Nichts zu sehen, von innen war er verklebt.

»Pittchen«, rief sie und klopfte.

Keine Antwort.

Innen Gemurmel, als ob einer betet oder Geister beschwört.

Draußen erhob der Nachtwind ein stöhnendes Geheul. Das pfiff und ächzte und tobte und johlte; das Wodesheer jagte im Kunowald, oder der Teufel rief die Hexen auf dem Tanzplatz bei Großlittgen zusammen. Der wilde Herbststurm riß am Strohdach, nicht viel fehlte mehr, und die Hütte wurde abgedeckt. Eine schauerliche Nacht.

Sie fror in dem dünnen Hemd, das ihr nur bis zu den Knien reichte. Zitternd schlich sie ins Bett zurück. – – –

Vorwurfsvoll blickte Lucia Miffert am andren Morgen in der Sonntagsmesse zur Kirchenwölbung auf, an der ein großes Loch die Stelle zeigte, wo der Kronleuchter gehangen. »Dau«, murmelte sie drohend und ballte die Faust in den Falten ihres Kleides. »Brauchst dau erunner zo porzeln, konntste net waarten bis morjen? Eweil däht hän heit met mer nao Oberkail giehn!«

So war mit dem Peter nichts anzufangen; der bastelte den ganzen heiligen Sonntag in seiner Werkstatt und wurde unwirsch, wenn man ihn störte.

Sie betete recht angelegentlich zur Jungfrau Maria; wenn die ihr doch einen schickte, der sie mitnähme!

Am frühen Nachmittag wusch und strählte sie sich noch einmal; die Haare glänzten ihr wie Seide auf dem wohlgeformten Kopf, das Kleid sah doch noch erträglich aus, nun sie es mit einem Spitzenkrägelchen, von einer gelben Bandschleife geschlossen, ausstaffiert hatte. Mit Wohlgefallen guckte sie in den Spiegelscherben. Hei, wie die Ohrringel blitzten, wie pures Gold! 's war zwar nur blankgeputztes Messing, ein Hausierer hatte ihr die Ringelchen einmal eingetauscht gegen alte Lumpen; freilich, ein paar Handvoll Federn aus dem Bett hatte sie auch noch mit dreingeben müssen.

Mit naiver Freude besah sie sich lange, dann trat sie vor die Haustür, stemmte die Arme in die Seiten und lugte aus.

Jesus, Maria, Josef! Wer kam denn da mit Säbelgerassel die Dorfstraße herauf?! Sie traute ihren Augen nicht; einen hellen Freudenschrei stieß sie aus – das war ja der schöne Gendarm von Oberkail!

Ihr Kleid raffend, sprang sie in großen Sätzen ihm entgegen. Daß ihr nur keine zuvorkam!

Die einsame Dorfstraße hatte sich plötzlich belebt, aus allen Fenstern fuhren Köpfe; Türen klappten. Rufen, Laufen, Lachen. Mit Zauberschnelle war Leben, wo eben noch alles ausgestorben erschienen. Da waren schon die Tina, die Vrun und die Leis! Die kleine Billa kam auch gerannt, und noch ein ganzer Schwarm andrer.

Der schöne Gendarm versandte rechts und links freundliche Blicke aus seinen blanken Augen und lachte über das ganze runde Kindergesicht, daß sich die Grübchen in seinen Backen zu zwei Löchelchen vertieften.

Wen suchte er?

Nun war Lucia bei ihm. »Hähr Schandarm, Hähr Schandarm«, stammelte sie atemlos, mit ihrem strahlendsten Lächeln.

»Verfluchtes Schwein – pardon, wollte sagen: riesiges Jlück!« Er legte zwei Finger an den Helm und betrachtete sie mit der Miene eines Eroberers. »Ich dachte jrade an Sie, schöne Frau!« Er gab sich Mühe, das ein wenig von oben herab zu sagen, aber im Grunde war er so erfreut über die Begegnung, daß er schmunzelnd den Mund breit zog. Er strich sich unternehmend den Schnurrbart. »Riesig erfreut!«

»Es et waohr?« fragte sie treuherzig. Die Häuser tanzten vor ihren Augen einen wiegenden Walzer, ihr Herz klopfte in kindischer Glückseligkeit – den hatte ihr die Jungfrau Maria geschickt!

Sie waren bald einig. Der schöne Gendarm hatte in Eifelschmitt beim Krumscheid, dem Ortsvorstand, etwas zu tun gehabt; das sagte er aber nicht, er behauptete, einzig und allein nur gekommen zu sein, um die schöne Zeih zum Tanz abzuholen. Nun wollte er auf sie warten, unten am Berg, wo das Fußfällchen* steht.

Vor Freuden hüpfend, eilte sie zurück in ihre Hütte; sie küßte und bekreuzte das Josefchen in der Wiege, wickelte es fest ein, daß es sich nicht rühren konnte, und steckte ihm den Zulp mit gekautem Brot ins Mäulchen.

Jetzt rasch ein Tuch um die Schultern gehängt und dann an die Kammertür geklopft. »Pittchen, adjes! Ech giehn derweil!«

Drinnen fuhr einer erschreckt auf, wie aus tiefem Schlaf, man hörte den Schemel umpoltern.

»Ech giehn nao Oberkail, adjes!« Sie wartete keine Gegenrede ab, schnell war sie auf und davon; die Tür ließ sie in der Eile offen, ein starker Zugwind blies ins Haus.

Als sie mit ihrem Begleiter die Höhe gen Schwarzenborn hinaufstieg, folgten ihr viel neidische Blicke.

Was wollte die denn mit dem? Die hatte ja zu Hause einen Mann! Die Weiber standen zusammen, Enttäuschung und Ärger in den Mienen, und schimpften hinter ihr drein; heute wurde Lucia Miffert von allen gehaßt.

Tina schmählte, gegen ihre sonstige Gewohnheit, wenig, sie lahmte merklich mit dem linken Fuß. Auf den hatte ihr die Zeih gestern den Schemel geworfen, da hatte sie ordentlich Respekt bekommen.

Als es dunkelte, schlich sich Tina zu Mifferts Hütte, sie hörte ihn drinnen poltern und fluchen.

* Heiligenhäuschen

Vor einer Viertelstunde war Peter erst aus der Kammer gekommen; sein blasses Gesicht zeigte scharlachrote, abgegrenzte Flecken auf den Backenknochen, seine Augen, die tief in den Höhlen lagen, glänzten übernatürlich.

»Zeih«, schrie er aufgeregt, »Zeih!« Für heute war er fertig, und nun mußte er einen Menschen haben, mit dem er reden konnte, einerlei was, nur reden, reden! Eine wilde Unruhe quälte ihn.

»Zeih!« schrie er, daß die Wände widerhallten. Sie antwortete nicht, nur das Josefchen wimmerte, halberstickt in seiner festen Umwicklung.

Die Tür stand sperrangelweit offen, eiskalt war's in der Stube – die Zeih nicht da, wo war sie?

Verstört fuhr er sich über die Stirn – hatte sie's ihm denn nicht zugerufen: ›nao Oberkail‹ –?!

Wie ein Keulenschlag traf es ihn ins Genick, er brüllte auf: »Nao Oberkail!«

Und mit wem –?! Hatte er denn keine Ohren gehabt, keinen Verstand?! Wie ein Wahnsinniger rannte er in der Hütte umher – nach, ihr nach! Er wollte sich anziehen und fand seine Sachen nicht, wütend warf er alles durcheinander; am liebsten hätte er geweint wie ein altes Weib.

Da kam Tina.

Erst war er grob, sie ließ sich nicht abschrecken; schlau wie ein Kätzchen umschmeichelte sie ihn. Sie küßte ihn und streichelte ihn; sie sah schön aus in dem Sonntagskleid, mit dem goldenen Kamm in den Haaren und frisiert wie ein Fräulein.

Er wurde schwach. Und hatte er denn nicht auch versprochen, sie mitzunehmen?!

Sie drängte ungeduldig zum Aufbruch. Nur so viel Zeit ließ sie ihm noch, daß er von neuem Feuer anzündete und das Kind loswickelte; die Zeih hatte es ja eingepackt, daß es ersticken mußte.

Dann gingen sie miteinander fort, aber Peter verschloß das Haus sorgfältig und legte sogar die morschen Läden vor.

Sie waren kaum zwanzig Schritt weit, da rief die Leis sie an; die hatte wohl hier auf der Lauer gelegen. Sie war vollständig zum Gehen gerüstet, nur die schönen blonden Haare trug sie unbedeckt, als goldig umstrickende Fäden wehten sie im Herbstwind. Sie sagte, sie wolle auch nach Oberkail, und schloß sich ihnen an, ohne weiter aufgefordert zu sein.

Die schwarze Vrun war auch nicht weit. Wenn Tina auch ein noch so wütendes Gesicht machte, die beiden stahlen sich an Pittchens andere Seite.

Und so fanden sich ihrer noch mehrere ein. Die Steffes kam daher, ganz sittsamlich ihr Hubertche an der Hand führend; gleich darauf die Traut, die immer noch ein besonderes Anrecht auf Pittchen geltend machte, von früher her.

Als sie endlich die Chaussee gen Schwarzenborn hinaufstiegen, trabte Pittchen inmitten von zehn Weibern. Als letzte hatte sich die kleine Billa eingefunden, atemlos war sie nachgerannt in ihrem flatternden kurzen Rock. – »Tina, waart! Waart!« Sie kreischte immerfort: »Helao, ech saon et! Dau sollst net allein giehn! Tina, Tina!«

Zuletzt hing sie sich dem Peter an den Rockschoß. –

Die letzten Lichter von Oberkail schimmerten wie vereinzelte Glühwürmchen durch die Finsternis, als die Eifelschmitter heimkehrten. Es war spät, gegen Mitternacht, und noch hatten sie eine gute Stunde Wegs.

Ihre Gesichter glühten trotz des scharfen Bergwindes, der die Haut schnitt wie mit Messern; ihre Kleider blähten sich, flatternd gleich Fledermausflügeln. Irgend jemand trug eine Laterne, aber sie löschte bald aus; nur der Mond, der für Augenblicke zwischen jagenden Wolken hervorlugte, zeigte den Weg. Er war ein sehr unsicherer Führer – jetzt verschwand er ganz; mit Gekreisch drängten sich die Weiber in der tiefen Dunkelheit um Pittchen. Wohin der tappte, weiche Leiber.

Das war ein ›Jux‹ gewesen zu Oberkail!

Als Peter mit seiner Eskorte angekommen war, tanzten sie schon; mitten im dicksten Knäuel drehte sich die Zeih. Sobald sie ihren Mann erblickte, ließ sie ihren Tänzer, den Gendarmen, stehen und lief lachend auf Pittchen zu. Dieser aber tat patzig, sah sie gar nicht an und tanzte los mit einem herausfordernden Trotz. Und als er gar Apfelwein kommen ließ und die Eifelschmitter Damen traktierte, war er König des Tanzbodens; die dummen Bauernburschen von Oberkail trauten sich ihm nicht ins Gehege, von denen hatte ohnehin jeder sein Mädchen mitgebracht.

Lustig, lustig! So toll hatte es der Peter noch nie getrieben; sein lahmes Bein schien vergessen, er sprang wie ein jähriges Kalb, immer gab ihm was inwendig einen Peitschenschlag: »Hü, hott, trab, trab!« Gestachelt durch Eifersucht, geschmeichelt von der Bewunderung, gejagt von – was war es nur, das ihn so hetzte?!

Er schwang die Tina und die Leis, er schwang die Vrun und die Traut – alle. Erst gab es ihm einen schmerzhaften Stich, wenn er sah, wie der Gendarm und die Zeih sich gar nicht losließen; dann ging alles unter in einem wilden Dusel.

Der letzte Groschen von dem Vorschuß, den er vom geistlichen Herrn auf seine Arbeit erbeten, war verjubelt; was kümmerte es ihn, er schrie immer weiter nach Bier, Schnaps und Wein und ließ es auf Rechnung schreiben.

Jede drängte sich dazu, mit ihm zu tanzen; jeder mußte er zutrinken. Rechts hatte er die Tina neben sich, um den Platz an seiner Linken stritten sich Vrun und Leis erbittert mit der Traut; zuletzt wurden sie dahin einig, sie saßen nacheinander ihre Zeit ab. Sie schmeichelten ihm alle, er tat mit jeder schön; zuletzt konnte er sie nicht mehr voneinander unterscheiden. Keine nahm's ihm übel, sie waren schon alle halbvoll.

Billa war zuerst abgefallen. Sie fing plötzlich, mitten im Lachen, laut an zu weinen, legte den Kopf auf den Tisch und schluchzte, daß es sie stieß. Als jemand nach einer Weile sie aufrichten wollte, sank sie wieder schwer vornüber; sie schlief fest, unbekümmert um das dröhnende Gelächter der andren und das Gedudel der Musik.

Pittchens Augen starrten trüb und glasig, wie die eines toten Schellfisches. Er sah nicht mehr, daß der schöne Gendarm drüben mit Zeih in einer Ecke saß und ihr Wein und Kuchen bestellt hatte; er merkte nicht, daß sie miteinander verschwanden.

Er riß unflätige Witze, lachte, schlug auf den Tisch, drückte jetzt die, dann die, und wurde zuletzt windelweich.

Sie hielten ihn umstellt, wie ein Rudel ausgehungerter Wölfe den waidwunden Bracken; ihre Augen glänzten und glitzerten, sie maßen sich untereinander mit Raubtierblicken – wem fiel er zu? Dumpf knurrend zeigten sie sich die Zähne.

Der Kampf des Abends wurde auf der mitternächtigen Straße fortgesetzt. In der schwarzen Finsternis gab es heimliche Tritte und Püffe, alles still, ohne Laut. Jeder suchte die neben sich von Pittchen wegzudrängen und allein was von ihm zu erhaschen; sie warfen ihn fast um.

Peter war schwer betrunken. Er war kein Gewohnheitssäufer, es war zu zählen, wie oft er in seinem fünfunddreißigjährigen Leben bezecht gewesen; aber in letzter Zeit warfen ihn schon ein paar Gläser um, er goß sie zu aufgeregt, zu hastig hinunter.

Willenlos ließ er sich von den Weibern schieben und zerren; wie ein unlöslicher Klumpen hingen sie dicht um ihn geballt. So kamen sie langsam voran.

Nun zeigte sich wieder einmal der Mond – da fiel's der Tina auf, die Bill fehlte. Richtig, die hatten sie oben vergessen im Tanzsaal! Da lag sie auf der Ofenbank wie eine Tote, mit wirrem Haar, die Kleider halb gelöst um den noch kindlich hagren Körper; die Bauernburschen standen darum her, glotzten und machten ihre Scherze.

Auch das Hubertche war abhanden gekommen; das schlief wohl auch in irgendeinem Winkel. Niemand beunruhigte sich wegen der zurückgebliebenen Kinder.

Ganz zurück in der Ferne zeigte sich ein wanderndes rötliches Pünktchen, das war die Laterne, die der Gendarm trug; er gab seiner Liebsten bis Schwarzenborn das Geleit. Sie verabredeten ein Stelldichein am nächsten Tage, dann ließ sich Zeih einen zärtlichen Abschied gefallen und bedankte sich vielmals ›für alles Pläsir‹.

Noch ein Kuß. Dann rief sie laut nach ihrem Mann, daß es durch die Nacht gellte, und stolperte, so rasch sie konnte, den Vorangegangenen nach. –

Ein Ungeheuer, vielfüßig, vielköpfig, schiebt sich langsam die Weiberschar bergab. Sie hat den Weg verloren.

Über Gestein und Geröll, durch Acker und Gestrüpp, ohne Pfad wälzt sie sich zu Tal, mit fortreißend, was nicht Kraft hat, sich zu wehren. Einer Lawine gleich, die verheert und zerstört; furchtbar in fühlloser Lebendigkeit, unheimlich in unerbittlichem Vorrücken, todbringend in grausamer Geschlossenheit.

IX.

Allerseelen. Die Gräber des kleinen Kirchhofs, draußen an der Straße gen Himmerod, waren geschmückt mit Tannenzweigen und Papierrosen. Hoch hatte sich schon der Schnee auf den Hügeln getürmt und sie alle weiß und gleich gemacht; nun waren sie sorgsam reingefegt und geschaufelt, zierliche Kreuze, Kränze, Herzen und Buchstaben waren von roten Beeren gelegt und Lichtchen zwischen hineingesteckt. Aus der erstarrten Erde schien es zu brennen; die da unten ruhen, sprechen zu denen oben mit ängstlich flackernden kleinen Flämmchen, die der leiseste Windhauch verlöschen kann.

Aber kein Wind wehte. Noch einmal war der Winter gewichen, über den Bergen die Sonne erschienen; bleich zwar und müde, aber doch eine Sonne. Das hängende, verschrumpfte Laub der Friedhofsrosen schien sich noch einmal zu heben; um die Mittagszeit war es lind und still im Tal, der Himmel zeigte ein blasses Blau. Allerheiligensommer.

Da haben die Toten ihren Festtag. Die längst Vergessenen kommen wieder zu ihrem Recht, rühren sich in den morschen Särgen und senden einen Gruß hinauf ins Leben. Allerheiligen – Allerseelen.

Die Weiber von Eifelschmitt hatten ihr Bestes getan, ihre Gräber waren so schön geschmückt, wie die im reichsten Dorf. Schon am Morgen strömte die ganze Schar hinaus zum Kirchhof; man sprengte die geschmückten Hügel mit geweihtem Wasser, lag lange auf den Knien und betete für die ewige Ruhe der Verstorbenen. –

Am Nachmittag, als sie alle bei Festtagskaffee und Kuchen saßen, schlich sich Pittchen hinaus; er ging gebückt wie ein Alter, und die Schale mit geweihtem Wasser in seiner Hand schwankte.

Daheim saß die Zeih bei dem kranken Josefchen und weinte sich die Augen rot; die ›Gichter‹ plagten das Kind, warfen bald seinen kleinen Leib hoch in die Höhe und reckten ihn dann wieder lang.

Seit jenem Sonntag in Oberkail war das Josefchen krank; da waren die Eltern spät in der Nacht heimgekommen, ohne einen Blick auf die Wiege zu werfen, torkelten sie sinnlos ins Bett. Am Morgen lag das Josefchen nackt da, steif und blaugefroren; bald kamen die Krämpfe.

»Kreischt net e su«, sagte die weise Frau, die Peter in seiner Angst holte, »bal hatt ihr e schien Engelche im Himmel!« Davon wollten die Eltern nichts wissen; Anschuldigungen flogen hin und her, es gab einen heftigen Zank. Der Schluß war, daß sich Peter finster und wortkarg in seiner Werkstatt verschloß und Zeih betend und weinend an der Wiege verblieb.

Aber bald ertönte ihr Singen, erst leise, dann schallend; die Leute sagten immer bewundernd: »Dat Zeih haot en Stimm, om de Duden ufzoerwecken.« Sie sang:

»Hoch uf em Daach, uf em Daach,
Haot sech en Könd half dud gelaach,
Et fiel erunner, erunner –
Rube-de-bub – Rube-de-bub!«

Das wiederholte sie ein paarmal, beim Kehrreim stieß sie jedesmal an die Wiege, daß sie heftig schaukelte.

»Rube-de-bub – Ruube-de-bub!« Und dann weinte sie wieder ein Weilchen.

Peter war nicht so leicht getröstet; wenn er nicht in der Werkstatt steckte, stand er bei der Wiege und starrte finster brütend, mit zusammengekniffenen Lippen auf das kranke Kind.

Heute schlich er wie ein armer Sünder auf den Kirchhof; auf den Gräbern seiner Eltern warf er sich nieder und krallte die Finger in kalte Erde. Er suchte eine Zuflucht bei ihnen vor den eigenen Gedanken.

Lange war er nicht hier gewesen, wohl das ganze Jahr nicht; aber nun sollte es besser werden, er versprach es denen da unten hoch und heilig. Und einen Marmorstein sollten sie kriegen mit goldner Inschrift; koste es, was es wolle, er konnte es ja zahlen. Zahlen –!

Er fuhr auf und sah sich scheu um. Wenn er nur Mut gehabt hätte! Er knirschte mit den Zähnen und ballte die kalten Finger zu Fäusten – den Mut, den Mut! Da lag was in seiner Werkstatt verborgen, nicht Sonne noch Mond hatten es beschienen, niemand hatte es gesehn, und doch ängstigte es ihn Tag und Nacht. Es konnte ihn reich und glücklich machen, und doch –

Mit einem unterdrückten Fluch sprang er empor, sein Fuß trat in die Schale geweihten Wassers, daß sie umstürzte und ihr Naß in den aufgetauten Pfad ergoß.

Nur Mut! Er fuhr sich in die Tasche – klapperte es nicht schon darin? Nein, nein – leer, ganz leer! Und zu Hause weinte die Zeih, wimmerte das Josefchen; kalt war die Hütte, der Tod stand auf der Schwelle – – –

Der Angstschweiß brach ihm aus, mit der verkehrten Hand wischte er sich über die Stirn; die Hand zitterte.

»Feiges Luder«, murmelte er zwischen den Zähnen. Nur ein bißchen Courage brauchte er zu haben, dann wurde alles wieder gut. Dann lachte die Zeih, dann kam der Doktor und heilte das kranke Kind – er sah es schon mit roten Bäckchen, auf flinken Füßchen durch die Hütte trippeln, ein großes Butterbrot in der Hand, – und die Zeih küßte ihn, heiß fühlte er den Kuß. Und am Kirchhof vorüber zog eine ganze Schar – nickende, winkende Weibergestalten. Verjubelte Tage, verjubelte Nächte – immer fidel –!

Die Hütte würde er ausbauen lassen, nein, eine neue kaufen, einen Bauernhof! Vielleicht gar die Eichelhütte, drüben gen Himmerod zu, deren schloßähnlicher Bau über die Eichenwipfel ragte.

Da hatte ihn sein Vater vorbeigeführt, als er noch ein Knabe war; da hatten sie am Gitter gestanden und neugierig in den Park gelugt. Ein reicher Herr hatte im Schlößchen gewohnt, der war längst tot, und der jetzige Besitzer wollte verkaufen. Wenn er nun der Herr Besitzer würde –?!

Wie die Zeih sich freuen würde! Was die da unten im Grab wohl dazu sagen würden?!

Er kniete nieder, legte sein Ohr an den Hügel und horchte.

Tief, tief innen in der Erde glaubte er was zu hören, ein Summen und Rauschen, ein Flüstern und Raunen; hohl, wie aus einem Gewölbe, drang's an sein Ohr. Ein Schauder überlief ihn – das kam aus der Ewigkeit! – – –

›Wie mer sech bett', su schläft mer‹, – hatte so sein Vater nicht immer gesagt?

Zitternd flüsterte Peter: »Sollen ech et duhn? Sollen ech et net duhn?«

Und die Stimme aus der Tiefe antwortete: »Du sollst!«

Da sprang er auf. Der Kirchhof war leer. Hinter den Bergen verkroch sich schon die Sonne, und im Säuseln eines Lüftchens flackerten die Gräberkerzen höher.

Von Schauern überrieselt ging Peter, die Füße waren ihm wie gelähmt; langsam, ungewiß machte er Schritt für Schritt. Auf dem großen Kreuz, das sich mit der Gestalt des Heilands inmitten des Kirchhofs erhebt, lag ein blendender Schein; gerade auf die Inschrift fiel er, die sich in goldenen Buchstaben über den breiten Sockel zieht.

›*Amor me cruci affixit*‹

Was hieß das? Nie hatte Peter darüber nachgedacht, nun stand er in Sinnen verloren. Er buchstabierte, und dann starrte er hinauf zu dem dornengekrönten Leidensantlitz, bis ihm die Augen übergingen.

Plötzlich schreckte er zusammen, eine Hand legte sich auf seine Schulter. Ah, der Herr Pastor! Er riß die Mütze vom Kopf.

»Seh einer, der Miffert!« sagte der Geistliche wohlgelaunt und schlug ihm mit dem Brevierbüchlein, das er stets bei dem täglichen Spaziergang mit sich führte, leicht auf den Rücken. »Na, wie steht's mit dem Kronleuchter? Seid Ihr bald fertig?«

»Nä, nä«, stotterte Peter erschrocken; die gutmütige Stimme klang ihm wie die Posaune des jüngsten Gerichts. »Eweil sein ech noch net e su weit, ech – eweil – äwer bal – ech –«

»Ich glaube es wohl, das ist kniffelige Arbeit!« Der Geistliche legte ihm selber die Entschuldigung in den Mund, Peter schnappte danach wie ein Fisch nach dem Köder.

»Dat es et, dat es et«, beeilte er sich zu versichern. »Ech arweiden Dag on Naacht, äwer –«

»Ich habe es gehört«, unterbrach ihn der Pfarrherr freundlich. »Das ist brav, mein Sohn. Deine Arbeit wird schon wohlgelingen; Mariä Sohn selber« – er wies hinauf zum Kreuz, das sie hoch und breit überragte – »wird dich in seine Fürbitte aufnehmen!«

Ein Stich ging Peter durch und durch, er fühlte, wie eine heiße Blutwelle ihm ins Gesicht schoß; scheu sah er hinauf zu dem verzerrten Leidensantlitz.

Der goldne Glanz vom Himmel hatte sich gewandelt, rot wie Blut war er geworden und umspielte mit flammendem Schein die eingemeißelte Schrift. Sie flimmerte vor seinen Augen.

»Lao stieht wat«, stammelte er und zeigte mit dem Finger hinauf. »Wat heißt dat?«

»Amor me cruci affixit – Liebe hat mich ans Kreuz geschlagen«, sprach der geistliche Herr und wandte sich zum Gehen. Er nickte noch einmal zurück: »Guten Abend, guten Abend, ich komme in den nächsten Tagen selber zu Euch, Miffert, und sehe nach Eurer Arbeit.« Mit segnendem Gruß hob er die Hand. Sein Brevier murmelnd, tauchte er hinter den Hügeln unter.

Einsam war wieder der Kirchhof; so still war's um Pittchen, daß er das eigne Atmen als lautes Geräusch hörte.

Schwerfällig ließ er sich auf dem Sockel des Kreuzes nieder.

›Liebe hat mich ans Kreuz geschlagen‹ – ja, die Liebe! Seine Brust hob sich unter einem tiefen Seufzer – die war's! Eine große Erleichterung kam über ihn. Was er tat, tat er ja auch nicht für sich, nur aus Liebe zu andren! Da waren die Zeih, das Josefchen und die andren alle – aus purer Liebe!

Sein unsteter Blick wurde ruhiger, er heftete ihn fest auf das Bild des Gekreuzigten. Der da oben litt, und er selbst litt auch – ja, leicht war's nicht, am Kreuz zu hängen! Aber die Angst, die Angst, die er hatte, war die nicht noch schrecklicher?!

»Wann se mech atrappieren, gänn ech villeicht aach ufgehang«, murmelte er finster. »Nä, dat duhn se eweil net mieh, äwer se sperren mech ein, wuh Sonn on Mond net scheinen, wuh mer kein Luft krieht, wuh mer – ha –!« Er holte tief und zitternd Atem, der Kopf sank ihm auf die Brust. Aber gleich darauf hob er ihn wieder.

Die Gestalt des Heilands verschwamm schon im Grau des rasch sinkenden Abends, nur um das Haupt wob sich noch ein flüchtiger Schimmer wie eine Glorie. Es schien sich zu neigen.

Mit unterdrücktem Schrei streckte Peter die Hände aus. Ja, der da oben, der verstand ihn! ›*Amor me cruci affixit*‹ – der würde ihn nicht zu Schanden werden lassen!

Er warf sich am Fuß des Kreuzes nieder und betete, wie er es noch nie getan. Getröstet stand er auf; einen vertraulichen Gruß sandte er noch hinauf, ein verständnisvolles Nicken.

Festen Fußes schritt er an den Gräbern entlang. Es war fast dunkel, die Lichtchen niedergebrannt, nur hie und da flackerte noch eins wie ein Irrwisch mit aufzuckendem Schein.

Als er das Gatter des Friedhofs schloß, pfiff er. Er fühlte sich so leicht, so vergnügt; nun wußte er, was er zu tun hatte, nun wurde nicht länger gefackelt.

Von der Eichelhütte her kam ein Wägelchen über die Chaussee, es rollte dicht an ihm vorüber. Er erkannte den Besitzer der Eichelhütte, den Herrn van Beuren darauf, der immer nur zweimal im Jahr ein paar Tage zur Jagd herkam; der neben ihm sitzende dicke Mann, mit einem Wollenshawl vermummelt und mit Ohrenklappen an der Mütze, war ihm fremd. Wer war denn das? Neugierig sah Peter dem Gefährt nach.

Dicht vorm Dorf stieß er auf Krumscheid. Donnerwetter, der kam ja von seiner Hütte heruntergestelzt, was wollte denn der da oben? Aha – Peter lachte in sich hinein – der hatte wohl Angst um sein Geld?!

Geschmeidig grüßte er den Alten: »'n Owend, Vadder Krumscheid!«

Dieser hielt ihn fest. »Saot, Pittchen, wie stieht et eweil met mein Dahlersch, hä?« Man merkte es dem Alten an, er wollte es nicht gern mit dem Pittchen verderben; er suchte einen Vorwand. »Et duht mer laad, dat ech ebbes dervon saon moß, äwer ech – ech sein sälwer in Onverläjenhaat, ech haon ebbes zo zaohlen; et pressiert!«

Pittchen lächelte.

Krumscheid deutete dies Lächeln falsch, die Angst überkam ihn. »Ech moß mein Gäld haon«, stieß er grob heraus.

»Tutswit«, sagte Peter gelassen. »Ihr könnt et jeden Momang han, wann Ihr wollt. Kommt bei mech eruf, lao könnt Ihr se metholen, de Dahlersch!«

»Nä, nä!« Der Alte traute nicht recht, er fürchtete Prügel. »Kommt liewer bei mech, dann drinke mir e Schöppche.«

»Nä!« Jetzt, wo es zur Tat ging, bebte Peter doch plötzlich zurück; eine jähe Angst überfiel ihn, sein Herz hämmerte, daß er's bis in den Hals spürte.

»Eweil kann ech net«, sagte er hastig. »Heit net. Morjen – morjen.«

»Morjen, gewiß on waohrhaftig?« Der Alte packte ihn am Rockschoß.

»Morjen«, sagte Pittchen gepreßt und entwand seinen Rock den knöchernen Fingern.

Eilig rannte er heim, er fand die Zeih, in Tränen aufgelöst, an der Wiege. Das Josefchen verdrehte die Augen, ballte die Fäustchen und zog die Beinchen krampfhaft herauf an den Leib.

»Wann mer noren dän Hähr Doktor hätten! Wann ons Josefche dem sein Medezin einhole könnt, gäbe et gesond! Josefche, mei Josefche, ech duhn mer e Laad an – stärw net, Jo-sefche, mei Josefche!« Schreiend warf sie sich über das Kind.

Peter konnte es nicht mehr mit ansehen, an allen Gliedern zitternd stand er da. Er wollte sprechen und konnte nicht, so trocken war es ihm im Halse; er schluckte und schluckte. Leeren Blickes stierte er auf das Bettchen – da lag sein Kind, es glich ihm genau: so hatte er wohl auch einst der Mutter in der Wiege gelegen. Wie ihm, so fehlte dem Josefchen das unterste Stückchen am linken Ohrlapp, auch die Brauen waren so über der Nase zusammengeschoben und die Haare in dunklen Ringeln so tief in die Stirn gewachsen. Sein Kind – sein Ebenbild! Der heiße Wunsch stieg in ihm auf, das Kind zu behalten.

Und glühend heiß fielen ihm die Tränen der Zeih aufs Herz, er konnte ihr Jammern nicht mehr hören; schwankenden Schritts, wie ein Trunkener, taumelte er nebenan in seine Kammer.

Als er nach einer Weile wieder herauskam, war er ruhiger. Auf seiner Stirn stand ein Entschluß; seine Lippen waren fest zusammengepreßt.

Beim Morgengrauen würde er den Doktor holen, sagte er der Zeih.

Und dann eilte er noch einmal zum Hause hinaus; er lief wie gejagt. Durch eine Guttat wollte er sich den Beistand des Himmels sichern.

Er wußte, wohin er zu gehen hatte. Da war die Hütte der Schneidersch; mit der Bäbbi ging's schlecht, die konnte sich nicht erholen. Zweimal schon hatte der Kauz nachts an ihrem Fenster geschrien. Krokodilstränen vergießend, erzählte es die Alte im Dorf herum, aber ihr Jammern galt mehr der eignen gestörten Nachtruhe als den Leiden der Schwiegertochter; wenn sie sich auch dreidoppelt ein Tuch um die Ohren band, sie hörte doch durch die rissigen Lehmwände das Stöhnen der jungen Frau und das Schreien des halbverhungerten Säuglings. Die Bäbbi fieberte und fieberte; ein paarmal hatte sie schon versucht aufzustehen, nach wenigen Schritten war sie mit einem schmerzlichen Schrei zusammengebrochen.

Vorsichtig tappte Peter über den Hof, bis zur Tür neben dem Stall. Drinnen hörte er ein Kind greinen und eine kranke Stimme sprechen: »Sei still – sch – sch – waart nor, bis dän Pappa kömmt! O Jeß, wann hän net bal kömmt, sein ech dud – sch – sch –!«

Der sehnsuchtsvolle Ton verzitterte in einem langen Seufzer. Die sprach ja, wie eine Sterbende! Peter erschrak. Leise schlich er ans Fensterchen und guckte hinein.

Da saß sie im Bett, das einzige Kissen hatte sie sich in den Rükken gestopft; sie war so schwach, daß sie den Kopf nicht halten konnte, bald sank er ihr zur linken, bald zur rechten Seite.

Wie traurig hatte die sich verändert! Sie war nicht häßlich, nein, vielleicht hübscher, als sie jemals zuvor gewesen. Schmerzen und Gram hatten ihr Gesicht verfeinert, die sonst gebräunte Haut war abgeblaßt, silbrig schimmernd wie Perlmutter. Das straffe Haar bauschte sich ihr locker um den Kopf, und im Blick ihrer weitgeöffneten großen Augen lag etwas Überirdisches.

Es fröstelte Peter. Sacht klopfte er an die Tür und trat zugleich ein.

Verwundert drehte Bäbbi den Kopf nach ihm, sie erkannte ihn nicht gleich. Dann aber flog ein freudiger Schein über ihr Gesicht, sie wollte seine Hand gar nicht loslassen. »Es dat schien, dat Ihr mech besuche kommt – oh – dat es schien!«

Er beugte sich über sie und suchte hinter einem Lachen und einem Scherz seine Rührung zu verbergen. »No ruhig, Bäbbche, ruhig! Jao, wann dän Ehmahn net derhäm es, dann kömmt onser anen e su apropos wie Räjen im Mai. Gäl, Bäbb?« Er strich ihr gutmütig über die schmale Wange. »Wanneh danzen mir zwa dann zosammen?«

Sie blieb ernst. »Ech haon de Engel schuns Hallelujah singe gehört, ech danzen net mieh!«

»Gott bewaohr, Bäbb«, sagte er erschrocken, »Ihr werdt doch net himmeln*?«

Sie sah in wehmütig lächelnd an. »Duht mer de Liew – ech verlangern e su – schreiwt mer e paor Wörtcher an dän Lorenz! Ech haon heiwel** vill Däg gelauert, dat ans kömmt, wat schreiwe kann.« Sie machte einen Versuch, sich höher aufzurichten, traurig schüttelte sie den Kopf.

»Ech kann jao net uffstiehn, ech sein innewennig wie ausenanner. Lao im Schößche*** sticht Papier on Feder – lao es de Dint – schreiwt – schreiwt!«

Mit ängstlicher Hast trieb sie ihn an. Sie diktierte schwerfällig, ruckweise, zu jeden paar Worten machte sie eine neue Anstrengung.

Beim Schein des winzigen Lämpchens schrieb Pittchen:

> *›Deurer Lorenz!*
> *Ech grüßen dech vill dausendmaol!*
> *Ons Könd leit in der Heija° on dräumt*
> *von seim Pappa. Ech haon e su lang*
> *neist von Dir zo hören kritt, ech verlangern*
> *e su, datste bei mech kömmst,*
> *ehnder ech –‹*

* sterben ** seit *** Schublädchen ° Wiege

Hier stockte Bäbbi; in schmerzliche Tränen ausbrechend, schlug sie die Hände vors Gesicht.

»Kreischt net, Bäbb«, tröstete Peter mit weicher Stimme.

»Nä, nä!« Sie raffte sich schon wieder zusammen. »Streicht dat vom Verlangern on Stärwen aus, ech will em dat Herz net schwer maachen. Schreiwt nor:

›lang neist von Dir zo hören kritt,
ech hoffen, Dau bis gesond on
veramesierst Dech aach.
Ech beten Dag on Nacht for Dech,
ech –‹

Sie schöpfte zitternd tief Atem.

›Ech sein eweil ganz alert –‹*

Peter sah sie verwundert an.

»Nä, nä, neist vom Kranksein«, sagte sie rasch. »Schreiwt dat ›alert‹ dick und groß, dann freut hän sech.«

›Adjes, mein villdeurer Lorenz,
bis in die Ewigkaat
Dein Bäbbchen.‹

Erschöpft sank sie zurück, Totenblässe überzog ihr Gesicht; ihre Lippen wurden weiß, sie war halb ohnmächtig.

»Bäbbi, Bäbbi«, Peter faßte sie am Arm, »wat es Eich? Ihr mößt Stärkung haon!« Verstört sah er sich um. »Haot Ihr dann hei gaor neist for zo drinken?«

Sie schüttelte den Kopf. »Neist«, sagte sie tonlos.

Da lag sie in dem elenden Bett, seit Tagen war es nicht gemacht; sie lag wie eine Sterbende, blutleer und hilflos.

Das Kind schrie auf, besorgt versuchte sie nach der Wiege zu blicken. Peter nahm das kleine Bündel und legte es ihr an die Brust; da suchte es wimmernd, mit gespitztem Mäulchen.

* gesund

»Ech han ken Milch mieh«, sagte sie leise.

Ein Krampf ging über Peters Gesicht; er wurde blaß und rot, einen argwöhnischen Blick warf er in alle Winkel, und dann fuhr er rasch in die Tasche und legte drei harte Taler vor sie aufs Bett. »Dao«, sagte er mit gepreßter Stimme. »Kaaft davor, wat Ihr braucht!«

Für ein paar Augenblicke sah sie ihn verständnislos an.

Er nickte. »Morjen holen ech dän Doktor, dän besten, dän zo kriehn es; ons Josefche es krank. Duh kann dän Eich aach ebbes uffschreiwen for gesond zo gänn!«

Eine jähe Röte flog über ihr Gesicht, in ihren matten Augen blitzte es auf, sie haschte nach seiner Hand; ehe er's hindern konnte, hatte sie die geküßt. »Merci, merci! Onsen Hährgott sei met Eich! – Pittchen – o Ihr –!« Sie war ganz außer sich, sie lachte und schluchzte, zog ihn an sich und küßte ihn mit ihren matten blutleeren Lippen; wie Schnee fühlte er den Kuß auf seiner Stirn.

»Ech danken, ech danken Eich villdausendmaol, Pittchen! Es et denn wirklich waohr – Gäld, Gäld – drei Dahler – Dahler?!« Sie drückte die Geldstücke liebkosend an ihre Wange. »Ech kann eweil ebbes kaafen beim Krumscheid, on Milch for dat Könd, alle Dag! On ech sälwer« – sie faßte ihren Kopf mit beiden Händen – »dän Doktor kömmt bei mech! Ech soll gesond gänn – ech kann dän Lorenz widdersiehn! Jesus, Maria, Josef – o Pittchen, Pittchen!«

Langsam sank er an ihrem Bett nieder; ein abergläubischer Schauer und zugleich eine freudige Wollust des Gebens zog ihn auf die Knie.

Ihre Hände falteten sich über seinem Kopf, sie betete; mit rührender Stimme flehte sie den Segen des Himmels auf ihn herab.

Er wagte nicht, sich zu rühren. Ein himmlischer Gruß, weihrauchduftend, rein und heilig, schien ihm durch die verlassene Kammer zu wehen. Schwebten nicht Engel mit großen Flügeln gen Himmel und trugen auf goldner Schale die Dankestränen der armen Bäbbi? Und seine Guttat, als weiße Taube, flog voran.

Eine mächtige Erschütterung ging ihm durch den Körper, er lag wie niedergeschmettert. Die ganze Qual der letzten Wochen, die gehetzte Arbeit der Nächte, das Versuchen und Grübeln, das Sorgen ums Gelingen, Zweifel und Furcht, wilde Freude und dann wieder kindische Angst, all das brauste und brandete auf einmal durch sein Gehirn.

Bäbbi betete, und die wilden Gedanken wurden plötzlich so glatt wie Meereswogen, auf die man Öl gießt. Tränen brachen ihm aus den Augen, erlösende Tränen; sie liefen ihm über das hagre Gesicht und rannen nieder auf das elende Bett.

X.

Der Winter war über Eifelschmitt hingezogen, es mit seiner Schneelast verschüttend. Weihnachten war dagewesen und hatte die Männer nach Hause gebracht. Jubel in den Hütten, Gedudel im Wirtshaus, Gläserklingen und Kuchendüfte. Heilig Dreikönigstag hatte der Lust ein Ende gemacht; morgens darauf waren die Männer wieder abgezogen, und die große Wintereinsamkeit hatte das Dorf in ihre Arme genommen und eingelullt, bis daß es schlief.

Jetzt wollte es lenzen.

Unter der modrig feuchten Decke des abgefallenen Buchenlaubes sproßte der Waldmeister, an besonders heimlichen Stellen trieb schon ein erstes scheues Reis, und in den noch toten Chausseebäumen lärmten die Stare.

›Naoch Lichtmeß es et Aushalt‹, sagen die Eifeler, ›warm oder kalt, de Dag gänn lang on dän Fuß krieht sein Gang.‹

Sankt Matheis hatte das Eis gebrochen; auf den überschwemmten Wiesen um die Salm ruderten lustig die Dorfenten.

Auf dem Äckerchen der Schwiegereltern arbeitete Bäbbi. Sie hackte mit starken Armen den Boden auf, drehte die Schollen um, zerstieß und klopfte und verkleinerte die harten Erdklöße, und bückte unermüdlich den Rücken. Verschnaufend hielt sie wohl eine kurze Weile inne und blickte prüfend über die Berghänge.

Noch keine im Dorf hatte an die Frühjahrsbestellung gedacht, und sie wußten doch alle: Schneifurr – Gedeihfurr! Da lotterten sie zu Hause herum, in Unterrock und Nachtjacke und verschliefen den halben Tag. Ernst, fast vorwurfsvoll, ruhte Bäbbis Blick auf dem Dorf; sie schüttelte den Kopf, und dann spuckte sie in die Hände und griff von neuem zur Hacke und arbeitete wieder, bis ihr der Schweiß die vom scharfen Wind zerwühlten Haare an die Stirn klebte.

Sankt Gertraud mußte den Acker bestellt finden; und der Lorenz sollte sich darauf verlassen können: da war eine daheim, die für sein Kind und seine alten Eltern schaffte.

Ein warmes Rot stieg ihr in die Wangen, ihr Mund wölbte sich stolz. Mit frischer Kraft, neu belebt, trieb sie die Hacke in den Boden, daß die noch winterharte Rinde tief auseinanderbarst und ein feuchter, treibender Erdduft aufstieg. Die Muskeln an ihren Armen strafften sich, man sah's unter dem fadenscheinigen Blaudruck-Kleid; sie arbeitete wie ein Mann.

Jetzt machte sie keine Pause mehr; gleich einer Maschine, regelmäßig, ohne Ermüdung hob und senkte sie die Hacke, Furche nach Furche wurde abgeschritten. Der Schweiß fiel in Tropfen in die gelockerte Erde, die das warme Naß gierig einsog. Blitzschnell bückte sie sich zwischen den Schlägen, hier einen Stein aus dem Acker zu lesen und dort; in mächtigem Schwung flog der dann den felsigen Abhang hinunter, aufprallend, sich überschlagend, und prasselnd andres Geröll mit sich in die Tiefe reißend. Laut hallte es im einsamen Tal nach, die Stille gab das Geprassel doppelt stark wieder, es wurde zum Gepolter; drüben an der Berglehne antwortete dumpf ein verschlafenes Echo.

Der Unkrautstellen im Ackerland wurden weniger und weniger, die schwach begrünten Flecke verschwanden einer nach dem andren – nun breitete sich das gleichmäßige Schwarz bis zum Wegrain aus. Im Dorf bimmelte das Glöckchen; die reine Luft trug den Klang hell hier herauf; mit einem Seufzer der Befriedigung ließ Bäbbi die Hacke zum letzten Mal niedersausen. Fertig für heute!

Morgen wurde wieder von frischem angefangen und übermorgen wieder, und dann wieder, bis die lehmigen Erdklöße – sie bückte sich und zerbröckelte einen in der Hand – so fein waren wie Mehl; dann wollte sie zufrieden sein. Dann gab's auch eine gute Ernte, Kartoffeln genug und auch ein wenig Korn. Was würde der Lorenz sagen, wenn sie so viel erübrigte, um eine Ziege zu kaufen? Wie gut würde die Milch dem Kind und den beiden Alten tun! Auch zu einem Ferkel würde es vielleicht noch langen, das wurde fett gemacht und dann auf dem Markt zu Wittlich verkauft.

Sinnend ging der Blick der jungen Frau ins Weite und verlor sich im duftigen Blaugrau, jenseits der Berge. Da weilte der Lorenz, weit, weit. Ein Ausdruck sehnsüchtiger Liebe machte ihren herben Mund weich. Kam wohl je eine Zeit, in der nicht mehr so viel Berge, so viel Wald, so viel Wasser sie voneinander trennte?!

Bäbbis Gestalt reckte sich höher auf, ein tiefer Atemzug hob ihre Brust – die Zeit mußte kommen!

Mit der schwieligen Hand strich sie sich das Haar zurück, zog das Kopftuch tiefer in die Stirn, schulterte ihre Hacke und schritt rasch dem Abhang zu. Scharf umrissen zeichnete sich ihre Gestalt vom lichten Horizont ab. Sie schien gewachsen, groß und stark hob sie sich über der Umgebung.

Eilenden Schrittes stieg sie den Pfad gegen das Dorf abwärts, ihre derben Nägelschuhe trapsten fest. Elf Uhr, nun warteten die Alten daheim schon, daß sie kam und das Mittagessen kochte. Die waren beide recht hinfällig geworden in diesem Winter, der Vater lag immer im Bett, und der Schwiegermutter Maulwerk war nicht halb mehr so scharf geschliffen; sie greinten wie die Kinder, wenn sie ihren Willen nicht kriegten.

Und dann der Kleine! Ein glückliches Lächeln verschönte das ernste Gesicht der jungen Frau – ach, der kannte die Mutter schon! Wenn die kam, strampelte er und reckte die Ärmchen und wollte nicht mehr bei der Großmutter bleiben.

Rasch und rascher schritt sie zu; nun war sie unten auf dem Talweg. Aber trotz ihrer Eile sah sie die jungen Blätter des Wegebreits am Grabenrand – die waren heilsam zum Auflegen für den offenen Fuß der Schwiegermutter; erfreut kniete sie nieder und pflückte die ab. Und da sproßte der erste Löwenzahn – geschwind griff sie zu – und da noch einer, und weiter drinnen im Gras noch mehrere! Das sollte ein Salat werden für den Alten, so lecker, wie ihn nur Herren an der Tafel haben, und dazu so gesund fürs Geblüt. Sie sammelte eifrig.

Plötzlich hob sie lauschend den Kopf. Ein Stöhnen klang an ihr Ohr – war da jemand in Not? Sie rief. Wieder ein Stöhnen, und dann ein Fluch. Jetzt sah sie erst: unten im Graben lag einer und suchte vergebens an den steilen Rändern aufzuklimmen. Sie hatte ihn vorhin in ihrem Eifer gar nicht bemerkt.

Das war ein Betrunkener! Furchtlos ging sie näher und streckte ihm die Hand hin. »Jesses«, sagte sie unwillkürlich und blieb stehen, wie angewurzelt; es war Pittchen.

»Wat stiehste elao on hälst Maulaffen feil, Framensch?« grunzte er sie an. »Siehste dann net, eweil stechen ech in der Bedrullich. Ech sein net si-si-sicher, ech haon hei im Dr – Dreck geläjen – de – de ganz Naacht«, schloß er weinerlich.

Er sah danach aus. Rock und Hose waren von oben bis unten beschmutzt, er hatte sich recht im Schlamm gesielt. Eine Mütze hatte er nicht; von nasser Erde verklebt, starrten seine Haare, ein paar Zotteln hingen ihm ins fahle Gesicht. Seine Lippen waren blau, die Augen verglast, noch hatte er seinen Rausch nicht ausgeschlafen.

Ohne Wort beugte sie sich zu ihm nieder und hielt ihm die Hand hin. Er haschte mit seinen verklammten Fingern danach; so steif durchfroren war er, daß er sich kaum rühren konnte. Fast riß er auch sie hinab. »Olau«, grinste er, »dau willst e Küßche? Verliewt wie de Weibsbiller al!« Er schmatzte mit den aufgesprungenen Lippen. »Küß mech, dau Leckermaul«, – erschrokken fiel er zurück. »Dunnerwäder, dat Bäbb!«

»Miffert«, sagte sie bestimmt, »seid net e su gäckig! Hei, faßt de Hack an! On hei es mein anner Hand! Däut* gäjen, däut! Ans, zwa un ans – ech trecken** Eich eruf!«

Sie stemmte die Füße ein und zog mit Kraft; unfähig, sich selber zu helfen, ließ er sich willenlos zerren. Nun hatte sie ihn oben, wie ein Klotz lag er am Rand auf den Knien.

»Pittchen«, sagte sie betrübt, »es et dann waohr, wat se im Dorf saon? Ihr sauft?! Pittchen« – sie faßte ihn unter den Achseln und stellte ihn auf die Füße – »ech haon et net glauwen wollen, wat se saon. Laoßt doch dat Tina laufen on de Fraleider al, bleiwt derhäm! Ihr rujiniert Eich. Wat haot Ihr dann von al Eirem Gäld?«

»Willste ebbes?« lallte er und suchte nach der Tasche.

* drücken, stemmen ** ziehen

»Nä!« Sie hielt seine Hand fest und sah ihn voll herzlicher Teilnahme an. »Ke Geld! Ihr hatt mir als e su vill Gudes gedahn; Eire drei Dahler haon mer Säjen gebrach, ech mechten Eich davor –«

Er unterbrach sie mit einem lauten Auflachen: »Haha, Säjen! Säjen!« Die Zähne klapperten ihm aufeinander, und er schauderte.

»Gieht häm«, riet sie besorgt, »Ihr hatt Eich verkält – Jesses, de ganze Naacht hei im Grawen! – Kommt, kommt!« Sie wollte ihn unter den Arm fassen und führen, er stieß sie zurück.

»Dau willst mer Mores liehren, bleiw mer vom Leiw, dau Quisel*! Ech haon kein Predigt nedig – gieh – gieh!« Er strampelte mit Händen und Füßen, verlor das Gleichgewicht und stürzte wieder rücklings in den Graben.

Hatte er sich weh getan? Erschrocken wartete sie ein paar Minuten, dann blickte sie hinunter. Da lag er mit geschlossenen Augen und offenem Mund, blaß wie ein Toter; aber jetzt ertönte sein regelrechtes Schnarchen.

Bäbbi lief dem Dorf zu; sie hatte ihren Salat vergessen.

Kräftig pochte sie an Mifferts Hütte und trat zugleich ein. »Zeih! Eier Mahn leit drau –«

Das Wort blieb ihr im Halse stecken. Da saß der Gendarm von Oberkail und hielt die Zeih auf dem Schoß. Etwas verlegen sprang die auf.

»Was ist denn los?« fragte der Gendarm unwillig.

Bäbbi stotterte: »Eier Mahn leit draußen im Grawen, kommt, kommt!«

»Laßt ihn ruhig liegen«, sprach der Gendarm und strich sich den Schnurrbart auf.

»Äwer hän kann sech den Dod holen, hän es eweil als ganz verklomm!«

»Wat Ihr net saot?!« Zeih horchte nun doch auf, sie ließ sich den Hergang umständlich erzählen, keinen Augenblick verlor sie dabei ihr vergnügtes Lächeln. »Im Grawen – de ganz Naacht?! Jeß, dat arm Pittchen! Jao e su es hän, alleweil strawätzt hän erum. Bäbb, seid e so gud, weist mer de Stell!«

* Betschwester

Als die beiden Frauen die Hütte verließen, kamen Tina, Leis und Vrun daher; sie hatten die Bäbbi so rasch laufen sehen. Ihre Augen funkelten neugierig. »Wat es passiert?!« Zeih berichtete.

»Dat Pittchen – im Grawen?! Hahahaha!« Tina krümmte sich vor Lachen und hielt sich die Seiten; vor Vergnügen juchzend, warf sie den Kopf hintenüber, daß ihre dunklen Haarsträhnen sich lösten.

»Hahaha«, lachten Vrun und Leis, und Zeih lachte mit.

»Wir wollen hän hole giehn! Hole giehn, olau!«

Im Laufschritt, ausgelassen kreischend, mit fliegenden Haaren und flatternden Röcken, sich neckend und jagend, stoben sie hinter Bäbbi drein. –

Es war nicht das erste Mal, daß Peter betrunken nach Hause kam. Er machte sich ein Gewerbe daraus, von Dorf zu Dorf zu wandern und die Wirtshäuser abzusitzen.

Seit er ›geerbt‹, arbeitete er gar nichts mehr; nicht, daß er früher viel geschafft, aber er hatte doch wenigstens hie und da etwas gebastelt, und mit der Reparatur des Kirchenkronleuchters sogar ein Meisterstück geliefert. Der geistliche Herr hatte ihn auch öffentlich, von der Kanzel herunter, deswegen belobt.

»Eweil haot hän dat Arweiden net mieh nedig«, sagte die Zeih und sah wohlgefällig an ihrem schönen Kleid herunter. Bald nach dem Tanzvergnügen in Oberkail war der Stoff gekommen, und der Peter hatte dem Postboten stolz acht harte Taler aufs Fensterbrett gezählt; es waren noch dieselben alten Taler, die er vom Krumscheid geborgt, Taler mit verschiedenen Randschriften, wie: ›Gott mit uns‹, ›Gott segne Sachsen‹, ›Gott – Ehre – Vaterland‹. Auf den Stücken, die der Alte wiedererhalten, waren Kopf und Schrift weniger deutlich; sie waren wohl schon durch sehr viele Hände gegangen. Ordentlich fettig fühlten sie sich an, das Gekerbte an den Rändern war abgegriffen. Aber es waren vollgewichtige Taler, und schmunzelnd verschloß der Alte sie in seinem Sparkasten, glücklich, so ohne weiteres Drängen zu seinem Gelde gekommen zu sein.

Eine seltsame Rastlosigkeit hatte sich Peters bemächtigt. Es gab Nächte, in denen er gar nicht heimkehrte, andre, in denen er wohl zu Hause war, aber zu Zeihs größter Verwunderung erst bei Morgengrauen zu ihr ins Bett schlich. Sie gewöhnte sich an beides. In ihrer gedankenlosen Art fragte sie nun auch nicht mehr: ›Saog ehs, Pittchen, wat maachste e su lang lao binnen in der Kammer?‹ Er hatte sie ein paarmal angefahren: ›Hal dei Maul, schär dech om dein Saachen!‹ Jetzt rekelte sie sich bequem, wenn sie ihn drinnen noch hantieren hörte, und drehte sich gähnend auf die andre Seite.

Sie war immer guter Dinge; seelenvergnügt fiel sie ihm um den Hals, wenn er ihr etwas von seinen Wanderungen mitbrachte.

Bald war er in Oberkail, bald in Spang-Dahlem; den einen Tag in Großlittgen, den andren in Ober-Öfflingen; heut in Musweiler, morgen, in entgegengesetzter Richtung, in Bettenfeld; diesseit in Landscheid und jenseit in Hupperath, immer die kreuz und quer, von Dörfchen zu Dörfchen. Bis nach Manderscheid lief er und gar bis gen Daun; in der ganzen Gegend war er bekannt, im näheren und weiteren Umkreis. Die Wirte sahen in gern kommen, er hatte eine flotte Art, den blanken Taler auf den Tisch zu werfen: ›Dao, zieht de Rechnung ahf!‹ Mitunter ließ er sich auch von einem Bäuerlein wechseln, das froh war, seine grünspanigen Kupferpfennige und abgeschabten Gröschchen einzutauschen gegen das blanke Silberstück.

Sie litten keine Not mehr, und doch sah Peter elend aus; so tief hatten ihm nie die Augen im Kopf gelegen, scheu und gedrückt schlug er den Blick zu Boden, nur nach ein paar Gläsern Schnaps flammte der auf. Dann glühten die düstren Augen wie hell brennende Kohlen; in wilder Lustigkeit schlug Pittchen auf den Tisch: ›Wat kost' de Welt?!‹ Und dann trank er und trank, bis daß er sinnlos davon taumelte. Regen und Schnee ernüchterten ihn nicht, torkelnd zog er über die einsamen Landstraßen und durch den nachtdunklen Wald. Dann sprach er wild vor sich hin; schrie, laut schimpfend, die Bäume an und focht mit den Armen wie ein Verrückter.

Die Kleider schlotterten ihm um den Leib, sein Gesicht war abgezehrt, und doch hingen die Weiber an ihm wie die Kletten. Heute die, morgen die. Die Tina beherrschte ihn ganz; die loderte um ihn her, wie eine Flamme um ein dürres Holzscheit, und züngelte und leckte, bis daß er Feuer fing. Dann konnte er auch aufflammen, und alle ›Wiehduhns‹* gingen in Rauch auf; zwar nur für Augenblicke, aber um diese Augenblicke tat er ihr allen Willen.

Sie war unersättlich, bald begehrte sie dies, bald das: eine Brosche, eine Schleife, einen Ring, eine Schürze, Zuckerzeug und wohlriechende Pomade. Bald mußte er sie dahin führen, bald dorthin. Sie schmeichelte und trotzte, sie versprach und versagte, und wenn er zuletzt gequält rief: ›Laoß mech in Ruh, maach, datste weg kömmst‹, lachte sie ihm ins Gesicht. ›Maach dau, datste weg kömmst! Lauf bei dein Zeih, lao kannste zukukken, wie dän Oberkailer dat karessiert!‹

Sie hatte nicht die Unwahrheit gesprochen. Als er zum ersten Mal den Gendarm bei der Zeih antraf, brüllte er in sinnlos eifersüchtiger Wut. Die geballten Fäuste schwingend, sprudelte er wilde Drohungen: »Eraus, eraus! Ech schlaon Eich dod, ech – eraus, tutswit, eraus!«

Der Gendarm ging schon, ganz gekränkte Würde; nur auf der Schwelle drehte er sich noch einmal um und drohte mit dem Zeigefinger der wildleder-behandschuhten Rechten: »Nehmen Sie sich in acht! Beleidigung der Obrigkeit wird mit Gefängnis bestraft. Sie überhaupt – Sie –« er spuckte aus; es schien Peter, als hefte sich sein Blick durchdringend gegenüber auf die Kammertür. – »Sie haben überhaupt gar keine Ehre mehr, mitzureden. Bitte mir Achtung aus, werde Ihnen sonst mal auf die Bude rücken, Sie – Tappert!« Rasch die Tür zuwerfend, verließ er schleunigst das ungastliche Haus.

»Wat maant hän dermit?« schrie Pittchen die Zeih an; seine Augen rollten hin und her.

»Bis still, Pittchen! Bis still!« Sie war in Angst vor ihrem Mann.

»Ech sollen mech in Aacht holen – uf de Bud rücken?!« murmelte Peter. Und dann brüllte er: »Wat haot hän von der Kammer gesaot – wat? Antwort!«

Sie sah ihn betroffen an und stotterte verlegen: »Mir – mir – hän haot gesagt, mir wollten lao erin giehn, lao –«

* Schmerzen, Kummer

»Kreizgewieder!« Schwer fiel Peter auf den Schemel und stützte den Kopf in die Hände. So saß er lange regungslos, wie aus Stein.

Sein Schweigen machte sich Zeih zunutze. Nun hatte sie Oberwasser; mit großer Geläufigkeit, halb ärgerlich, halb lachend warf sie ihm seine Grobheit vor. »Och Jesses, wann ech noren dän kleinsten Diskurs met ahnem haon, stracks bis dau e su schroh*! Wat soll hän nau von ons denken, dän Hähr Schandarm?! Mer kann nie wissen, wie ei'm e su anen trillsen** on tribelieren kann; et es doch alleweil besser, mer haot ken Onverläjenhaat met der Owrigkaat!«

»Ken Onverläjenhaat met der Owrigkeit«, sprach er ihr nach und schüttelte sich, als liefe es ihm kalt über den Buckel.

Von nun an bekomplimentierte er den Oberkailer höflich, wenn der Zufall ihn den in seiner Hütte finden ließ. Sein blasses Gesicht trug dabei aber einen so verbissenen Ausdruck, daß der schöne Gendarm es vorgezogen hätte, die Zeih draußen im Freien zu treffen; wäre es nur nicht gar so kalt gewesen! Der Miffert war ihm riesig ungemütlich, und ebenso war er's dem Miffert; sie gingen beide umeinander herum, vorsichtig schnuppernd, wie Füchse um die Falle.

›Es muß doch mal Frühjahr werden, auch in dieser verfluchten Gegend‹, tröstete sich der Gendarm. Dann gab der Buchenwald einen angenehmen Ort fürs Stelldichein, es saß sich gut auf dem weichen Moos. Er hatte noch keinen Eifelwinter mitgemacht, und der dünkte ihn schier endlos, zum Sterben langweilig mit seinen ungeheuren Schneelasten, die das Bergland von jedem Verkehr abschnitten.

›Eweil moß et bal Frühjaohr gänn‹, tröstete sich auch Pittchen. Dann war das Wandern von Dorf zu Dorf nicht mehr so beschwerlich, man konnte ›kommoder‹ über Land gehn und seinen Rausch gemächlich im Wald ausschlafen.

»Frühjaohr«, kreischten auch jubelnd die Weiber, als sie nun längs der Wiesen dahinliefen, um den Betrunkenen heimzuholen.

* heftig, böse ** quälen, peinigen

Ein feuchter Dunst stieg auf, ein Duft nach jungem Gras und erdiger Kraft. Sie atmeten mit geblähten Nüstern, ihre Gesichter waren rot, glühend vor Übermut. Mit einem Schrei riß sich Tina das Tuch vom Hals und ließ es wie eine Flagge in der Luft wehen.

»Frühjaohr! Hä, helao, Pittchen, wuh stichste*?« Mit verschmitztem Lachen erhob sie einen durchdringenden Gesang:

›Im Mai, im Mai,
Moß mer sein zu zwei –«

»Still«, sagte Bäbbi und drehte sich um. »Hör uf mit dem schnippschnappig Lied! Hörste dann net de Lerch? Still! Se es Gottes Vogel.«

Auf einem nahen Grasbüschel saß die Lerche. »Tirili, tirili!« Mit den Flügelchen schlagend erhob sie sich, jetzt schoß sie aufwärts wie ein Pfeil; in Kreisen, höher und höher steigend, schmetterte sie ihr jauchzendes Tirili himmelan.

»Iwickelchen, Liwickelchen**!« schrien die Mädchen und sprangen, in die Hände klatschend, wie die Tollen in die Wiese hinein. Sie rauften mit beiden Händen das kurze Gras aus und schleuderten es sich ins Gesicht, wie ein Regen rieselte es ihnen über Haar und Schultern; sie trappten hin und her, mit Gelächter und Gekreisch, ihre schweren Nägelschuh traten die zarten sprossenden Hälmchen tot.

Zeih blieb ein wenig zurück, die hageren Dinger liefen ihr denn doch zu schnell. Und da sah sie auch ein paar gelbe Blumen des Löwenzahns, erfreut pflückte sie sie ab und steckte sie sich ins Haar – glänzten die nicht wie eitel Gold? Anmutig nickten die leuchtenden Blüten auf den braunen Scheitel.

Kaum sah Tina die also Geschmückte, riß sie ihr auch schon die Blumen vom Kopf. Zeih schalt lachend und riß ihr Eigentum wieder an sich; das ging hin und her, ein förmlicher Kampf begann, ein halb spielerisches, halb ernsthaftes Balgen. Zuletzt schleuderte Tina die zerknickten Stengel von sich: »Lao haste dän Dreck!« Die Füße der Weiber schritten achtlos darüber weg.

* steckst du **Kosenamen für Lerche

Bäbbi war den anderen weit voraus; jetzt blieb sie stehen und wartete auf die Nachzügler. Mit zusammengezogenen Brauen sah sie ihnen entgegen. »Kommt, kommt!« rief sie unwillig. »Laoßt de Alfanzereien!«

»Alfanzereien?!« Tina lachte spöttisch und hob keck ihre Nasenspitze zu der um einen Kopf Größeren, »sei dau nor net e su fürnehm, Lenzen Bäbb, mer waaß jao doch, wän dau bis!« Kichernd stieß sie die Vrun an, und die Vrun stieß die Leis an und die Leis die Zeih.

Eine dunkle Röte stieg Bäbbi in die Wangen, aber sie sagte nichts; mit einem ernsten Blick sah sie von oben herunter auf die Kleinere.

»Haha«, fing Tina wieder an – sie hatte den Blick wohl verstanden und boste sich darüber – »dau wills ons Conduiten* liehren – dau?! Dau maanst wohl, dau därfst dat, weil de noch in der elften Stund onner de Hauw gekommen bis? Olau, e su domm! Mer kennt dän Vogel an sein Federn, wann hän sein Stimm aach noch e su verstellen duht. Hahaha!«

Die Mädchen schlugen ein Gelächter auf, auch Zeih lachte ihr gedankenloses, fröhliches Lachen.

»Zeih, kommt!« sagte Bäbbi und faßte sie am Arm. »Laoßt eweil dat Tina! Ein faul Ei verdirbt den ganzen Brei!«

»Hollah« – Tina packte die Zeih am andren Arm – »hei gebliewen! Wat saoste, Lenzen Bäbb? Ein faul Ei – wän maanste dermit, hä?« Sie fauchte die Große böse an, ihre Augen funkelten. »Dau Sauerpot, dau Quiesel, onnerstieh dech! Stillwässer – Grundfresser. Duh dei Maul uf, dau Grundfressersch, laoß ehs hören, waorum ech faul sein? Faul!« Sie ballte die Fäuste. »Saog!« Nun stampfte sie mit den Füßen. »Saog!«

»Je mieh mer im Kot rührt, desto mieh stinkt hän. Ech haon ken Lust derzu«, sagte Bäbbi ruhig und drehte sich kurz um.

Sie hatte die Lacher auf ihrer Seite, aufkreischend vor Entzücken fielen sich Vrun und Leis in die Arme; Zeih hing sich ihr freundschaftlich an den Arm.

Jämmerlich abgeschlagen zog Tina allein hinterher; einer anderen wäre sie auf den Rücken gesprungen und hätte ihr das

* Benehmen

Fell mit den Nägeln zergerbt. Der da traute sie sich nicht. Die ging so ruhig und sicher ihren Weg und führte die drei anderen wie selbstverständlich mit sich fort.

Tinas Augen kniffen sich zusammen, wie die einer lauernden Katze; der Bäbbi konnte sie nicht ankommen, aber der Leis und der Vrun, und besonders der Zeih, denen wollte sie's eintränken.

»Eweil sein mer elao«, sagte Bäbbi und wies auf einen Dornbusch dicht am Grabenrand. »Bei dem Busch liegt hän unnen.« Mitleidig beugte sie sich über, mit einem Ruf der Überraschung fuhr sie zurück. Da unten lag wohl noch der Peter und schnarchte; aber neben ihm hockte eine Frauensperson, den Oberrock über den Kopf gezogen, ihr grellroter Unterrock blähte sich wie eine große Mohnblume. Die Traut!

Mit einem triumphierenden Lächeln sah diese aufwärts in die verblüfften Gesichter; sie hielt Pittchens Kopf in ihrem Schoß.

Ein vierstimmiger Schrei antwortete dem Lächeln, mit einem Satz war Tina unten, Vrun und Leis stürzten nach; dann folgte die Zeih. Das war ein Gewälze von Leibern im Graben, ein Gewirr von Armen und Beinen, ein Schimpfen und Lachen, Zanken und Zerren. Einen Augenblick sah Bäbbi darauf nieder, dann machte sie kehrt.

Mit raschen Schritten ging sie davon. Kurz vorm Dorf blickt sie noch einmal zurück; die stille Luft trug ein Getöse an ihr Ohr, ein Stimmengewirr, als ob ein Heer anrücke.

Da tauchten sie in der Ferne auf, von der Märzsonne grell beschienen, wie von goldnem Flimmer umhüllt. Als Kernpunkt der Peter; von den einen geschoben, von den anderen gezogen, nahte er wankend.

XI.

Eine Aufregung war im Dorf, kaum weniger groß, als bei der Heimkehr der Männer. In das stille Tal war's gefallen wie ein Kanonenschuß und hallte unaufhörlich von allen Ecken und Enden wieder; ein Mann, ein Herr! Ein reicher Herr!

In der Eichelhütte würde er wohnen, die hatte er dem van Beuren abgekauft. Aber nicht bloß ein paar Jagdtage wollte er da verweilen, nein, den ganzen Sommer sicher, und vielleicht auch den Winter. Der Krumscheid hatte es erzählt und sich schmunzelnd dabei die Hände gerieben; er witterte einen sicheren Verdienst. Denn der Fremde hatte einen zartrötlichen Hauch auf der Nase, und seine etwas verschwommenen, blaßblauen Augen blickten gemütlich in die Welt.

Gleich bei der ersten Einkehr hatte der Wirt das nähere und nächste erfahren. Herr Anton Nikolaus Schmitz, ›Rentner‹, wie er sich schrieb, hielt durchaus nicht mit seinen Angelegenheiten hinterm Berge; er erzählte gern.

Er stammte aus der Eifel. Als armer Waisenknabe war er ausgewandert und hatte sich durchgefochten bis unten an den Niederrhein, wo ein entfernter Verwandter von ihm wohnte; der tat ihn zu einem Gerber in die Lehre. Es glückte ihm; der Lehrling wurde Geselle, der Geselle Meister – jetzt paßte bald das Sprichwort:

›Häutchen, wie stinkst du,
Geldchen, wie klingst du!‹

Zuletzt hatte er eine große Gerberei in Köln besessen. Aber was sollte er sich noch länger schinden? Junggeselle war er, nähere Verwandte hatte er nicht, sein Haar war grau geworden, die Gicht suchte ihn öfters heim, und der Hals kratzte ihn vom Lohstaub. Jetzt war's Zeit, sich zur Ruhe zu setzen.

Da meinte der Herr van Beuren, den er beim Frühschoppen in der ›Kevverndoos‹* kennen gelernt, das grüne Salmtal, das so geschützt und lieblich zwischen den Bergen läge, das wäre recht der Ort für so einen. Sie besuchten miteinander die Eichelhütte, und was noch mächtiger wirkte als das eifrigste Zureden des Herrn van Beuren, das war das Heimatsgefühl, das plötzlich in dem geborenen Eifeler erwachte. –

Nun standen die Fenster der Eichelhütte weit offen, der laue Frühlingswind durchfächelte die Stuben und spielte mit den großblumigen Vorhängen des gemütlichen Himmelbetts. Mit allem, was da lag und stand, hatte der Schmitz das Haus gekauft, von den Geweihen und rostigen Flinten an den Wänden bis herab zum Wildschweinsfell vor der Türschwelle. Er wanderte in seinem doppelt gefütterten Schlafrock, die lange Pfeife im Mund, von einem Raum in den anderen, trieb freundliche Scherze mit den Weibern, die da fegten und scheuerten, und fühlte sich ganz als Herr und Besitzer.

Gestern war er durchs Dorf spaziert und hatte die ausgesucht, die ihm zur Arbeit am tauglichsten schienen. Alle waren gelaufen gekommen und hatten sich angeboten, selbst die alte Schneidersch und die kleine Bill. Die hübschesten waren die tauglichsten; Herr Schmitz hatte sich schon ein Trüppchen zusammengestellt, da kam die Zeih des Wegs – Donnerwetter, war das ein Frauenzimmer!

Der alte Junggesell riß seine blauen Äuglein auf. Merkwürdig, Jahre lang hatte er keine Anfechtung mehr gehabt, nur an seine Häute gedacht – Gerberlohe trug ihm die schönste Farbe – nun blieb sein Blick auf diesen braunen Flechten haften, die sich so glänzend, zu einem dicken Nest gesteckt, zeigten. Und ein Fellchen hatte die! Hell und zart, wie ein junges Kalb.

Machte es die Frühlingsluft, die stark und lebenerweckend von den Bergen wehte? Machte es der Dunstkreis all des Weibervolks, das sich um ihn drängte? Herr Schmitz fühlte eine seltsame Unruhe in den Beinen, das Wasser lief ihm im Mund zusammen.

* Käferdose (alte Kölner Weinkneipe)

Linkisch galant zog er die Mütze. »He, junge Frau! Guten Tag!«

Lucia lächelte, daß man all ihre weißen Zähne sah; das leicht bewegliche Blut schoß ihr in die Wangen, sie waren rot wie reife Äpfel.

›Fett wie ein Hammel‹, dachte Schmitz und ließ einen väterlich wohlwollenden Blick über die junge Frau gleiten; er liebte das ›Völlige‹. Wohlbeleibte Menschen waren immer gemütlich im Umgang; er selbst hatte sich ja auch ein Bäuchlein zugelegt. Ein instinktiver Selbsterhaltungstrieb zog ihn zu Zeihs angenehmer Fülle, die doppelt auffiel zwischen den sehnig schlanken, fast hageren Gestalten der übrigen Weiber.

Das war was für ihn! Die wollte er zur Aufwärterin wählen! Ihr freundlich heitrer Blick aus klaren, braunen Augen bestärkte ihn noch darin.

»No, junge Frau«, sagte er, »haben Se et auch als jehört, dat der Schmitz hier sein Residenz aufschlage will? He? Ich brauch en Frauensperson, die mer et Bett macht un en Taß Kaffee kocht; ich bin simpel jewöhnt, aber en Buttel muß se aufziehn können un auch en Spaß verstehn. Im übrigen hab ich jern mein Ruh.«

Zeih sah ihn mit offnem Mund an; sie verstand den Herrn nicht, aber sie lächelte.

Sie gefiel ihm immer besser; die anderen waren ihm viel zu geschwind mit dem Mundwerk, besonders die eine, die junge Schwarze, die sie Tina nannten und die mit ihren dreisten Blikken unheimlich herumfunkelte.

»No«, sagte er wieder und klopfte Zeih auf die Schulter, »können Sie bei mer die Aufwartung machen? Wie steht et damit, he? Oder sind Sie zu fein derzu?« Jetzt erst war ihm ihr ausgeputztes Kleid aufgefallen, das handbreit länger war als die Röcke der anderen.

Die umstehenden Weiber stießen sich an und kicherten halblaut.

»Se es dem Pittchen sein Fra«, rief Tina keck, »dän haot geärwt. Eweil haot dat Zeih das Arweiden net mieh nedig. Wann hän net bal ales versoff haot; dann gieft dat freilich en anner Mod! On wann dän Oberkailer Schandarm net schplendid –«

»Bis still«, fiel ihr Zeih hastig ins Wort und zupfte sie am Rock. Und sich mit dunkelrotem Kopf wieder zu dem Herrn wendend, flüsterte sie schüchtern, die Wimpern gesenkt: »Ech moß erscht dat Pittchen fraon, hän es e su – su – ech glauwen net, dat dän et gären sieht.« Zögernd sagte sie es, sie hätte für ihr Leben gern die Aufwartung übernommen, nicht das Geld war's, das sie lockte – zu essen und trinken hatte sie ja –, aber so ein Herr aus der Stadt konnte allerlei Präsente machen, von denen man hier nichts ahnte. Schade, daß mit dem Pittchen jetzt so gar nichts anzufangen war! Wie ein Rasender war er auf und nieder gerannt und hatte geflucht und geschimpft, als er von dem neuen Besitzer der Eichelhütte gehört hatte.

Mit einem Seufzer schlug sie die Augen auf, die feucht schimmerten. »Ech därf jao net!«

Mitleidig sah ihr Schmitz nach, als sie mit gesenktem Kopf davonschritt – das war ja eine rechte Kreuzträgerin, und so ein sanftes, kreuzbraves Weibchen! – – –

Heute, als der Besitzer der Eichelhütte die Schar der fegenden Weiber besichtigte, bedauerte er wieder aufs neue, die hübsche Zeih nicht darunter zu sehen. Die hätte gewiß nicht so gepoltert und unbändig hantiert, sondern so nett gemächlich, wie es einem Mann in seinen Jahren angenehm war. Fast wollte es ihn bedünken, als trieben die Weibsbilder ihren Possen mit ihm; die kecke Schwarze, hoch oben auf der höchsten Leitersprosse, wippte hin und her, daß ihm der Angstschweiß ausbrach; und die mit den blonden Zöpfen goß ihm einen vollen Eimer Wasser grade vor den Füßen aus. Er flüchtete vor die Haustür.

Da stand er nun in seinen grasgrünen Pantoffeln, die Hände in den Schlafrocktaschen vergraben, einen Schal um den Hals, mächtige Tabakwolken in den hellen Morgen hinausqualmend. Mit behaglicher Rührung musterte er die Umgebung. So waren ihm die Heimatberge mit ihren runden Buckeln und den daranhängenden, winzigen Äckerchen manchmal im Traum erschienen! Und da dachte er an das ›Mus‹, an ›Kabes met Grombieren on Griewen‹, die er sich für heut mittag beim Krumscheid bestellt, und sein Eifeler Magen knurrte in süßer Erinnerung.

Schmunzelnd blickte er die Straße zum Dorf hinunter. Alles ruhig und friedlich, kein Wagen, kein störender Lärm. Nur eine einsame Frauengestalt kam des Weges; als diese sich bemerkt sah, zögerte sie und trat dicht an die Mauer des Kirchhofs heran.

Schmitz ständerte noch ein wenig vor der Haustür herum und besichtigte dann seinen Garten. Wenn die hohen Bäume sich erst belaubten, mußten sie einen köstlichen Schatten geben. Mochte die Sonne noch so brennen, hier war's angenehm; man konnte eine Hängematte aufhängen und sanft darin duseln, und dort auf dem grünbemoosten Steintisch mit der rätselhaften, eingemeißelten Inschrift hielt sich der Moselwein gewiß kühl.

Sehr befriedigt kehrte er aus dem Garten zurück; da sah er am Gitter eine Gestalt vorbeischleichen, die jetzt still stand und neugierig durch die Stäbe lugte. Als er die Brille aus der Tasche gezogen, mit seinen plumpen Fingern daran gewischt und sie auf die Nase geschoben hatte, erkannte er die Zeih.

»Sieh ens an!« sagte er erfreut. »Weißt du auch, mein Dochter, dat ich heut als an dich jedacht hab?!«

Sie stand verlegen lächelnd. Hinter sich her hatte sie ein Holzwägelchen gezogen; darin saß ein erbärmlicher, kleiner Junge. Er ließ die Unterlippe hängen, der Sabber lief ihm ununterbrochen aus dem Mund und vereinte sich mit dem Brünnlein, das aus der Nase quoll, vorn auf dem Lätzchen.

»Dat es ons Josefche«, sprach die Zeih, als sie den Blick des Herrn bemerkte.

»So so. Hm hm!« Er konnte seine Verwunderung kaum verbergen – wie kam das hübsche, frische Weib zu dem elenden Kind?! Der Vater mußte doch gar nichts taugen. Die Leute hatten sicher recht, die den Miffert einen Säufer und Weiberjäger nannten; so allerlei war ihm hintenherum über den Kerl zu Ohren gekommen. Das arme Weib!

»Kommt doch herein«, sagte er freundlich, öffnete das Gittertor und zog selbst das Wägelchen in den Garten.

Schüchtern trat die Zeih ein und ließ ihre Blicke an den hohen Stämmen hinauf und hinunter gleiten; vor lauter Verlegenheit nahm sie dann das Josefchen auf den Arm und herzte es.

Das Gesicht des alten Junggesellen trug alle Zeichen der Anteilnahme. Er klopfte dem Kind die aufgedunsenen Bäckchen und nahm das welke, blasse Händchen zwischen seine fleischigen, roten Finger. »Du, du, ks, ks, ks«, machte er und kitzelte es am Hälschen.

Josefchen verzog das Gesicht und fing an zu weinen; es war kein lautes, kräftiges Schreien, nur ein jämmerliches, dünnes Greinen.

Zeih war heute auch einmal schlechter Stimmung. Als sie das Kind weinen hörte, zogen sich ihre Mundwinkel abwärts; schon hingen ein paar Tränen in ihren langen Wimpern.

Mit dem Peter war eben gar kein Aushalt mehr, heut in der Frühe war er nach Hause gekommen, sternhagelvoll. Gelärmt hatte er nicht, er war in einem weit schlimmeren Stadium, dem der verbissenen Wut. Sie traute sich nicht heran; aber nachdem er dann ein paar Stunden fest geschlafen, glaubte sie ihn in der richtigen Verfassung, um ihr Anliegen wegen der Aufwartstelle vorzubringen. Aber da kam sie gut an!

Wie ein Verrückter trommelte er mit den Fäusten aufs Bett und schrie sie an: ob sie denn noch nicht genug an einem hätte? Noch einen neuen dazu?!

»Nä, nä«, brüllte er, raffte sein Kissen auf und warf es ihr an den Kopf . »On bei däm Stehler? Mein es dat Schlößche – mein mußt et sein – Stehler! Hal dei Maul!«

Sie wagte gar keine Gegenrede mehr; aber er sprang aus dem Bett, drang auf sie ein und trommelte mit seinen Fäusten auf ihrem Rücken, wie vorher aufs Bett.

Das waren die ersten Schläge, die sie von ihm erhielt; und wenn er auch durch seine Betrunkenheit zu entschuldigen war, übel nahm sie ihm die Prügel doch. Um sich zu trösten, war sie mit dem Josefchen herausgebummelt, in der Richtung nach der Eichelhütte. Eine schmerzliche Neugier trieb sie; vielleicht, daß sie, am Gitter lauschend, das Gelächter der anderen hören und einen Blick erhaschen konnte in die ihr verschlossene Herrlichkeit!

»Hei es et schien«, sagte sie und sah sich, mit offnem Munde, staunend um; noch nie hatte ihr Fuß diesen vornehmen Grund und Boden betreten. Sie ging wie auf Eiern.

Schmitz fühlte sich sehr geschmeichelt, er führte sie ins Haus – das Josefchen konnte derweil draußen im Wägelchen sitzen – und zeigte ihr alle Räume. Mit neidischen Blicken glotzten die anderen Weiber; sie standen nun mit geschürzten Röcken und zerzaustem Haar in Nässe und Kehricht, und die da wurde herumgeführt, wie eine Dame!

Zeih kostete einen vollen Triumph aus; rasch kehrte ihre gute Laune zurück, die Augen tanzten ihr ordentlich vor Vergnügen, zärtlich streichelte sie über den verblichenen grünen Bezug des eingesessenen, breitlehnigen Sofas. Ihre naive Bewunderung machte dem Alten das größte Vergnügen. Dadurch wurde es ihm erst so recht klar, was er doch eigentlich für ein verteufelter Kerl war, solch einen Besitz zu erstehen. Er fühlte sich ordentlich jung; und als sie in den Keller hinabstiegen, um den Platz anzusehen, wo das Moselweinfaß liegen sollte, nahm er auf der dunklen Treppe ihre warme Hand und patschte die und stieg so flink die steilen, schlüpfrigen Stufen hinab und wieder hinauf, als wäre er sechzehn und nicht nahe sechzig, und als hätte die leidige Gicht ihm nie einen Knüppel gegen die Beine geworfen.

Schade, schade, daß er dies Frauenzimmer nicht immer hier haben konnte! Er fragte sie noch einmal wegen der Aufwartung, und sie berichtete ihm haarklein den Vorfall des Morgens. Mußte der Miffert ein unangenehmer Patron sein! Er schimpfte weidlich, und Zeihs Zunge rührte sich auch munter – nä, ihr Pittchen war gar nicht mehr kommod; seit der geerbt hatte, war er alleweil kaprizig*!

»Von wem hat er denn geerbt?« fragte Schmitz neugierig.

»Dat waaß ech net«, lachte sie. »Mir saon hei: ›Met Schweigen verredt mer sech net‹ – hän saot neist.«

Schmitz sah sie verwundert an.

»Jao, Ihr könnt et glauwen«, fuhr sie wichtig fort, »dat Pittchen, dat es anen!« Ein geheimer Stolz auf ihren Mann regte sich

* launenhaft

nun doch in ihr. »Dän es klug, dän hört dat Gras wachsen. Dän saot neist, wat hän net saon will; net emaol, wann hän besoff es!«

»So, so.« Das zweifelhafte Lob Pittchens interessierte Herrn Schmitz weiter nicht, seine Meinung stand einmal fest: ein unangenehmer Patron. –

Von nun an fühlte es Pittchen, er hatte einen geheimen Widersacher im Dorf. War es sein schlechtes Gewissen, das ihn so argwöhnisch machte, oder die Eifersucht, nicht mehr der einzige Hahn im Hühnerhof zu sein? Wahrhaftig, da brauchte er doch den alten ›Knickstiewel‹ nicht zu fürchten, der im warmen Sonnenschein einen dicken Flauschrock trug, Filzpantoffeln und um den Hals einen doppelten Schal. Er fühlte einen unbestimmten Haß gegen den Alten in der Eichelhütte, größeren Haß, als auf den schönen, jungen Gendarm von Oberkail. Der Schmitz hatte einen verdammten Blick; sah er nicht den Peter mit seinen Schweinsäuglein so von der Seite an, als wollte er sagen: ›Ich weiß was‹ –?

Als Peter den Alten zum erstenmal in Krumscheids Wirtsstube treten sah, sprang er aus seiner Ecke auf, scharrte einen Kratzfuß und setzte sich mit einem: »Met Verlöw!« dem Herrn gegenüber an die Breitseite des Tisches. Zutraulich fing er eine Unterhaltung an, schwatzte harmlos und zutäppisch, aber er hatte kein Glück damit. Seine Blicke, die flink und unruhig umherhuschten, entdeckten keinen Zug des Wohlwollens auf dem dicken, roten Gesicht gegenüber; Schmitz blieb zugeknöpft, das blühende Fett der Wangen deckte jede Regung, die schlauen Äuglein verschwanden ganz in ihren Schlitzchen. Er trank rasch aus, zahlte und ging; Peter blieb sitzen wie ein Dummer.

Er fluchte in sein Glas hinein, fing an, mit dem Wirt zu krakehlen, und schimpfte dabei auf den ›alden Knickstiewel‹, den ›Kalmäuser‹, das ›Mastschwein‹.

Was die Zeih nur an dem finden konnte?! ›Herr Schmitz‹ blieb ihr zweites Wort. Von dem grünen Sitzsofa, über das sie einmal hatte streicheln dürfen, erzählte sie, als sei es lauter Sammet und Seide. Ganz beseligt kam sie heim, als der Herr Schmitz sie zur Veilchenzeit in seinen Garten gerufen und ihr erlaubt hatte, für das Josefchen einen Strauß Veilchen zu pflücken. Als ob es deren nicht auf der Flur unter den Hecken weit blauere und duftendere gäbe! Peter riß ihr die Blumen aus der Hand, zertrat sie und visitierte ihr dann die Tasche – hatte sie nicht noch was Anderes geschenkt bekommen?

Er glaubte ihr nicht, als sie beteuerte: »Nor Veilcher, su waohr ech läwen, nor Veilcher!« Er riß ihr den Rock aus den Falten, kehrte alles an ihr um und um, und als er nichts fand, schlug er sie.

Sie heulte, daß die Wände widerhallten; er schrie und lärmte wie besessen. Zuletzt versöhnten sie sich wieder. Noch einmal schien in Peter das frühere Pittchen zu erwachen; er schlug sich mit der Faust vor die Stirn, nannte sich einen ›Wuodeswoor‹*, umarmte die Zeih, bat ihr kläglich ab und küßte sie wild. Schnell versöhnt, gab sie seine Küsse zurück; einander herzend und drückend, verabredeten sie auf den nächsten Tag, den Jahrmarkt in Wittlich zu besuchen.

Zeih träumte die Nacht von einem Karussell, von Buden mit allerhand Herrlichkeiten, vom Oberkailer und von Herrn Schmitz, während Pittchen, den Arm um ihre Schultern gelegt, mit brennenden Augen ins Dunkel starrte und den Schlaf nicht finden konnte.

So jämmerlich hatte er sich noch nie gefühlt. War er denn krank? Wohl zitterten seine Hände, wenn er ein Glas zum Munde führte, seine Beine waren oft wie abgeschlagen; aber krank, nein, krank war er nicht. Im Dunkel streckte er den Arm aus – mager, aber sehnig! Seine Finger spreizten sich – war das nicht eine Hand, recht gemacht, den Taler auf den Tisch zu schleudern und danach aufzuschlagen, daß Flaschen und Gläser hochsprangen? Wenn er nur mehr Freude davon hätte!

Freude – – –?! Er unterdrückte ein Hohnlachen; bei allem, was er tat, schlich ja etwas um ihn herum und tuschelte ihm in die Ohren, legte eine Hand auf seine Brust und drückte ihn da, daß er nicht frei atmen konnte.

Jüngst war er mit der Tina in der Sonntagnacht spät heimgekehrt; die Arme umeinander geschlungen, schlenderten sie

* Wüterich

durch den Kunowald. Im tiefsten Dunkel zog sie ihn aufs Moos; da zitterte plötzlich ein Mondstrahl durchs dichte Geäst, mitten auf ihr lachendes Gesicht. Es verzerrte sich zusehends zu einer Grimasse, die dunklen Augen schimmerten in grünlichem Licht, die weißen Zähne fletschten, als wollten sie ihn beißen. Mit einem Fluch hatte er sich losgerissen. Und da stand der Mond plötzlich in einer Lücke zwischen den Tannen und grinste über das ganze, volle Gesicht. Und den ganzen Weg ging er mit, und über Eifelschmitt blieb er stehen mit seinem verdammten Grinsen und wankte und wich nicht. Akkurat so lachte der Schmitz.

In Peter war der Wunsch aufgestiegen, sich einer Seele anzuvertrauen. Ein paarmal war er wieder auf den Gräbern seiner Eltern gewesen, aber keine Stimme aus der Tiefe hatte ihm zugesprochen; vielleicht, daß sie böse waren, weil noch kein Denkstein stand. Aber so rasch ging das doch nicht. Alle Tage konnte er nicht einen harten Taler wechseln, so dumm waren die Bäuerlein am Ende auch nicht; und seit der Schmitz, der Schlauberger, in Eifelschmitt hockte, war ihm ein Aufpasser gesetzt. Einen immer weiteren Kreis mußte er auf seinen Wanderungen beschreiben.

Wenn er sich der Tina anvertraute! Die war schlau. Wenn er mit der Halbpart machte! Rasch kam ihm der Gedanke, wie eine Erlösung – nur nicht allein sein mit der Angst! – aber ebenso rasch verwarf er ihn wieder.

›Weiber haon lange Röck,
Äwer en korzen Verstand.‹ –

Nein, das durfte er nicht wagen! Und zudem noch Halbpart machen?! Er hatte ja für sich selber nicht genug; wie Butter unter der Sonne, so zerrann ihm das Geld unter den Fingern, er wußte nicht, wo's hinschwamm. Die Hütte war kahl, nach wie vor; und wenn sie auch nicht mehr hungerten, ein Hundeleben blieb's doch. Zumal jetzt, wo er dem Frieden nicht recht traute, war's oft knapp. Und diese zerrte an ihm, und jene; die zog ihn hier, und die dort – das mußte ein unversiegbarer Bronn sein, aus dem sie alle schöpfen konnten.

Eine gewaltige Erschütterung kam über Peter, eine Todesmattigkeit. Der Kopf sank ihm vornüber, er hätte sich gern aufgerichtet, es war ihm beklommen; aber er konnte nicht, sein Rücken war so schwach, als sei kein Mark mehr darin.

XII.

Warme Tage waren über die Eifel gekommen, Früh-Sommertage. Die Sonne brannte auf die nackten Kuppen, die Felsen schleuderten die Strahlen zurück. Gewitter zogen jäh auf und gingen jäh nieder; oft stand ein Regenbogen überm Tal, hie einen Fuß, drüben den andren.

Was da gesäet war, ging der Reife entgegen.

Auf Bäbbis Acker stand der Roggen so hoch, wie das Lorenzchen war. ›Lukas Evangelist‹ hätten die alten Schneidersch gern ihren Enkel genannt – so war der Tag seiner Geburt im Kalender benamst, – aber Bäbbi hatte trotz ihrer Krankheit und Schwäche darauf bestanden, er mußte nach seinem Vater getauft werden.

Sinnend schritt Bäbbi den Ackerrain entlang und ließ ihre Hand sacht durch die leiswogenden Ähren streichen. Wie lange noch, drei Wochen kaum, dann war Peter und Paul; dann fing das Korn an, sich zu bleichen – und die Männer kamen heim! Der Lorenz kam!

Mit einem Seufzer der Befriedigung sah sie über ihr Feld hin. Das konnte sich sehen lassen! Gleich einer Bürste stand das Getreide, und nebenan streckten die Kartoffeln, wohlgesetzt in Reih und Glied, ihre steifen, dunkelgrünen Bäumchen. Wie eine Oase lag dies Fleckchen in der Wüste der andren Äcker; kaum handhoch stand auf denen das Korn, und manch Kartoffelland sah aus, als hätten Wildschweine darin gewühlt.

Mit der arbeitsrauhen Hand strich Bäbbi dem kleinen Lorenz die wehenden Löckchen aus der Stirn und sah, das Kind, das kräftig aufgerichtet auf ihrem Arm saß, liebevoll an sich drükkend, mit selig verträumtem Ausdruck in die Ferne.

Was würde er sagen, wenn er kam?! Bald, bald! Ihr Herz klopfte stark, vor Freude. Hierher wollte sie ihn führen, gleich am ersten Abend – kaum konnte sie's erwarten – was würde er für Augen machen, wenn er sah, wie gut alles stand?! Ja, es war ein rechter Gottessegen. Dankbar faltete sie ihre Hände um die des kleinen Kindes und ließ sich auf den Grasrain niedergleiten.

Da saß sie still. Heut durfte sie ja feiern am Sonntagnachmittag. Sinnend ließ sie die Augen auf der Landschaft ruhen.

Bergland, so weit der Blick reicht; armes Bergland. Unter der mageren Erdschicht starrer Fels; winzige Äckerchen, dem trokkenen Heideboden abgerungen oder dem Herzen des Waldes entrissen.

Und doch liebte sie dieses Land. Mit tiefem Atemzug sog sie die herbe Luft ein, die ihr stark entgegenwehte. Wo gab's noch eine solche Luft?! Als könne sie nicht genug davon bekommen, öffnete sie die Lippen und schlürfte und schluckte, wie ein Trinker köstlichen Wein. Sie faßte das Kind unter den Achseln und ließ es frei in der Luft schweben; es zappelte mit den Beinchen und jauchzte vor unbewußter Lust.

Lange hielt sie es so mit starkem Arm. Eifelluft, Heimatluft – sie konnte ihm gar nicht genug davon geben. Durchwehen, sich durchwehen lassen von dem reinen Wind, dann wurde man groß und stark; und wohnte man auch im Rauch der Städte und sah statt der Bergspitzen die Fabrikschornsteine ragen.

»Wuh ons Pappa es, lao sein mir aach zo Haus, gäl, Lorenzche?« fragte sie das unverständige Kind und küßte es zärtlich. Sie dachte an die eingeengten Straßen, an die graue Luft, an das Gestampf und Geächz der Maschinen, und für Augenblicke irrte ein Bangen über ihr Gesicht; aber gleich darauf lächelte sie freudig. »Wann hän ons ruft, mir kommen, gäl? Mir giehn zo onsem Pappa on bringen ihm sein Heimat!«

Als hätte sie schon zu lange gesäumt, sprang sie auf. Schade, daß heute Sonntag war, am liebsten hätte sie gleich weiter geschafft. Arbeiten ohn' Unterlaß, nicht müde werden! Dann kam vielleicht die Zeit, in der sie aufladen konnte, was not tat, und ihm nachziehen durfte, hinunter ins fremde Land. Mit praktischem Sinn berechnete sie, daß sein Lohn ja dann auch viel weiter reichen würde. Er hatte wohl guten Verdienst, aber es blieb – außer dem, was er an Geschenken mitbrachte und beim Besuch zuhause draufgehen ließ – blutwenig davon übrig. Es spart sich nicht viel, wenn man jedes Stück Brot, jede Handreichung an Fremde bezahlen muß; die ziehen einem das Fell über die Ohren. Da durfte man sich ja nicht trauen, ein frisches Hemd anzutun! Mit Schaudern dachte sie an die schönen, selbstgesponnenen Hemden, die sie ihm geschickt – wie mochten die jetzt schon aussehen?!

Oh, sie wollte ihm wohl alles instand halten und ihm ein ordentliches Essen kochen und ihm den rußigen Schweiß von der Stirn wischen. Da brauchte er in kein Wirtshaus mehr zu gehen, und der Gesellenverein tat auch nicht mehr nötig; dann hatte er seinen Diskurs. Er würde bei ihr sitzen; im Winter am warmen Küchenherd, darüber das Lämpchen mit seinem blanken Schild wie ein Sönnchen strahlte – im Sommer vielleicht auf dem Gartenfleck, den sie mit Kartoffeln und Salat bebaut; ein paar Blumen mußten auch darauf wachsen. Am Himmel, zwischen den Schornsteinen durch, blinkten die Sterne, dieselben Sterne, die auch über den Eifelbergen leuchteten. Und er hielt ihre Hand, und er sprach zu ihr: »So gut is mer't noch nie ergangen, Bäbb!« – – –

Mit einem tiefen, zitternden Seufzer fuhr sie aus ihren Träumen auf. Sie hatte seine Hand gefühlt, seine Stimme gehört – ach, es war nur der Wind, der über ihre Stirn gestrichen, und das Lorenzchen, das kindisch gelallt hatte! Weit war der Lorenz, weit jene Zeit! Und hier waren die alten Eltern, die der Versorgung bedurften, die konnte sie doch nicht im Stich lassen. Schrumplige Äpfel halten oft fester am Ast als rotbackige; und schütteln darf man nicht in fremder Leut's Garten. Die konnten noch lange leben! Und die mußten auch hier zu Ende leben; alte Bäume verpflanzt man nicht. Aber die jungen, die jungen?! Bäbbi schüttelte den Kopf; in ihrem einfachen Sinn war es ihr klar; den Jungen tat das Hierbleiben nicht gut! Die mußten hinaus, den Männern nach!

Mit schwimmenden Augen sah sie in die rote Sonne, die dort langsam hinter den Wald tauchte. Die Wipfel strahlten in lauterem Gold. So unermüdlich die am Abend niederging und am Morgen wieder auf, so unermüdlich mußte auch sie ihr Tagewerk immer wieder von neuem beginnen, freudig in Geduld, gewiß in Hoffnung.

Hoffnung! Hoffnung!

Ja, der Tag der Vereinigung kam – jetzt wußte sie's genau. So sicher, wie diese Sonne, die diesseit hinterm Wald versank, morgen jenseit über Schwarzenborn stand im neuen, vollen Strahlenkranz und den einsamen Busch in blendenden Glanz hüllte – so sicher!

Ihre ernsten Augen erhellten sich, ein heiliges Feuer schien sich darin zu entzünden. Höher und höher reckte sich ihre aufrechte Gestalt; wie die Wurzeln eines starken Baumes standen ihre Füße fest im heimischen Felsenboden, aber ihr offner Blick ging ins Weite.

Sie hob das Kind über sich und schwang es mit einem Jubelruf hoch in die Lüfte: »Heissah, flieg! Lorenzche, flieg! Dein Vadder on dau on ech, mir hören zosammen. Flieg, flieg!«

Eine namenlose Freude schien über sie gekommen, ihre Stimme erhob sich zu einem langen Jauchzen. Es hallte ins Tal hinunter, drang in die Hütten, weit übers Tal hinaus und verlor sich jenseit der Berge. Es klang wie ein Weckruf: Auf, auf! Wie ein anfeuernder Schrei und ein Locken zugleich: Kommt, kommt!

Strahlender Glanz lag auf Bäbbis Gesicht, strahlend wie die Lichtflut, die die Sonne mit letzter Kraft auf ihren blonden Scheitel goß.

Starken Trittes stieg sie zu Tal, kraftstrotzend und siegessicher.

Tief im Talhintergrund lagen die mächtigen Ruinen von Himmerod, schon schwarz im Abendschatten, während die Eichelhütte mit ihren weißen Mauern noch als heller Fleck am dämmrigen Waldrand glänzte. Alles still, sonntäglich friedlich. In einer weihevollen Feierstimmung schritt Bäbbi dahin. Da, horch! Geschrei schallte zu ihr herüber; unweit der Eichelhütte stand ein Trupp Menschen auf der Straße. Sie schrien alle durcheinander mit lauten Stimmen.

Was war geschehen? Bäbbi näherte sich rasch – vielleicht eine Nachricht von denen draußen, vom Lorenz?! Warum hatten sie sich nur alle hier zusammengefunden, der Herr Pastor und der Herr Schmitz, der Krumscheid und der Küster? Sie umstanden ein Bäuerlein, das, den Stecken unter den Arm geklemmt, mit den Fäusten herumfuchtelte.

Ei, das war ja der Kemper aus Großlittgen! Bäbbi erkannte den Handelsmann, der jahraus, jahrein mit seinem Karren voll Irden-Geschirr die Eifel durchquerte. Er machte auch nebenbei Geschäfte mit Hasen- und Marderfellchen, mit Lumpen und Knochen und allerhand anderem Kram. Seine lustigen Scherze waren wohlbekannt; heut schienen sie ihm vergangen.

Er schrie: »Et es en Schand on en Sünd! Mer schindt sech halw dud, mer rennt sech den Odem aus em Leiw, mer schäst* dorch't miserabelste Wäder! Wann mer ahf on an e Kastemännche eröwrigt, es mer als heilfroh; on onseranen gieft betrogen! Dat elao es schänderlich, schänderlich es dat elao!« Er heulte laut.

»Wuh haot Ihr dän dann gekritt – wuhähr? Jesses, saot doch!« Der Krumscheid rüttelte ihn.

»Ech waaß net«, stöhnte das Hausiererchen und schlug sich vor die Stirn. »Ech Dummkoap! Kann sein, als vor Wochen uf der Wittlicher Meß, kann aach net sein. Duh haot ech der Dahler mieh. Onsem Hährgott sei't geklaogt, mer kann se jao nie lang behaalen. Onseranen kömmt heihin on daor, duh kritt mer dat Stöck on duh dat, heit en Penning, morjen en Groschen, öwermorjen en Dahler – ech sein beschummelt met Bedaacht, schänderlich beschummelt! Verfluchtes Schinnaos**, dat mech e su beschiß haot! En heilig Kreizdunnerwäder soll hän –«

»Aber, Kemper, Kemper«, begütigte der Pfarrer, »flucht doch nicht so! Wer sagt Euch dann, daß Ihr mit Absicht betrogen seid? In unserer Eifel ist man fromm und ehrlich; aus der bösen Welt wird uns die Sünde eingeschleppt. Hier betrügt keiner den andren.«

»Äwer ech sein doch befautelt***«, ächzte der Unglückliche, »ob met Bedaacht oder net. Kuckt hei« – er zog ein Talerstück aus dem Kittel und zeigte es auf der flachen Hand herum – »dän es falsch!«

Falsch –?! Bäbbi stand mit offnem Mund.

Ein Murmeln, ein Raunen, ein hörbares Staunen ging durch den Kreis; sie rückten enger zusammen, jeder drängte heran und reckte den Hals. »Es et waohr? Wirklich waohr?! Es dat miëlich, menschenmiëlich?«

* fährt ** Schindluder *** betrogen

»In der Tat«, – Schmitz hatte die Brille aufgesetzt und hielt sich den Taler dicht unter die Nase – »der is falsch!«

»Ech sein beschiß, ech sein beschiß«, heulte Kemper.

Der geistliche Herr nahm den Taler zur Hand. »Ich kann das noch immer nicht glauben – nein, nein!« Er schüttelte den Kopf.

»Sie können't schon glauben.« Schmitz fühlte sich ganz als welterfahrener Mann. »Ich hab' zu Köllen als der Dinger mehr jesehn. Drum hat ja auch der von Bismarck eben jetzt die Joldstücker einjeführt; der is schlau, die sind nit e so leicht nachzumachen. Der hier is falsch! Kiek ehs an« – sein Portemonnaie aus der Tasche ziehend, suchte er daraus einen Taler hervor »der is echt!« Er probierte beide Geldstücke auf einem Stein. »Hört, wie hell den klingt, un wie anders den! Da heißt et aufjepaßt. Wo einen is, sind auch ihrer mehr.«

Betroffen sahen sich alle an.

»Zom Schandarm, zom Schandarm nach Oberkail!« zeterte der Küster.

»Duh kommen ech jao als här«, jammerte der Handelsmann. »Duh sein ech stracks hingerennt, e su bal als onsen Wirt zo Großlittgen saot, dän Dahler wär falsch. Äwer dän Schandarm es net derhäm. Se saon zu Oberkail: hän wär nao Schwarzenborn; on in Schwarzenborn: nao Eifelschmitt. On hei, dän Krumscheid saot: hän wär nao Karl –«

»Lao kömmt hän«, schrie Bäbbi auf. Ihre scharfen Augen hatten den Schimmer einer Uniform am Waldrand gesehen. »Lao kömmt hän aus em Büsch, ech siehn de Knöpp blinkern!«

»On en Framensch haot hän bei sech«, brummte schmunzelnd der alte Krumscheid. »Hä, Häħr Schandarm! Helao!«

»Hollah«, brüllte Schmitz. »Sie da!«

»Feuer, Feuer«, zeterte der Küster.

Sie erhoben alle die Stimmen, selbst der geistliche Herr rief. Endlich schien der Oberkailer zu hören; das Frauenzimmer verschwand, wie vom Boden verschluckt, er selbst sprang in großen Sätzen vom Waldrand auf die Straße herunter. Nun kam er angetrabt. – – –

Wer die Kunde vom falschen Taler ins Dorf getragen, wußte man nicht. Obgleich der Gendarm den Erstwissern strengstes

Stillschweigen auferlegt – »denn«, sagte er, »der Halunke darf beileibe keinen Wind davon kriegen, sonst macht er sich dünne« – hatte einer doch geplaudert.

Wie ein Lauffeuer ging's von Haus zu Haus: »Wißt ihr't schuns? Hatt ihr't als gehört? Jesses, e su ebbes! Sollt mer't glauwen? En Dahler, en falschen Dahler!«

Die Weiber standen alle auf der Gasse; außer Bäbbi war keine im Haus geblieben. Sie schlugen die Hände überm Kopf zusammen und rissen Augen und Mäuler auf. Alle möglichen Geschichten tauchten auf im Anschluß an den falschen Taler; wer was zu erzählen wußte, erzählte: von Räubern und Mördern und Einbrechern. Selbst der Schinderhannes, der vor siebzig Jahren zu Mainz Geköpfte, trat leibhaftig wieder auf. Sie drängten sich zusammen und schauderten und machten einander graulen. Das summte und wirrte durcheinander wie ein aufgestörter Bienenschwarm.

Das Wirtshaus wurde belagert; neugierige Gesichter drückten sich an die Fenster, denn drinnen saßen ja die Herren und hielten Rat. Und da war auch der Taler zu sehen. Wie der nur ausschauen mochte?! Hie und da machte sich eine eine Ausrede; zum Beispiel die Tina, die ging keck herein und kaufte für einen Groschen ›Klümpcher‹*, aber es half ihr nichts, der Krumscheid war ganz verstört und hatte kein Ohr für ihre Fragen, und niemand von den Herren rief sie an den Tisch, so sehr sie auch hinschielte. Sie kriegte den Taler nicht zu sehen.

Der Schmitz führte das Hauptwort. Zu seiner Zeit hatte in Köln einmal ein Falschmünzerprozeß gespielt, den gab er nun mit allen Einzelheiten zum besten. Eine ganze Bande war's gewesen, zehn Mann hoch, mit so und so viel Helfershelfern; was Ähnliches würde wohl auch hier dahinterstecken.

Immer martialischer wurde das Gesicht des Gendarmen, er drehte den Schnurrbart auf, daß ihn die Spitzen fast in die Augen stachen, und fühlte verstohlen nach dem doppelläufigen Revolver, den er unter der Uniform auf der Brust trug. ›Im Namen des Gesetzes‹ – ha, wie sie zitterten!

* Bonbons

Darin waren sich fast alle einig, ein Eifeler konnte der Missetäter nicht sein. Der Pfarrer sprach warm für die seiner Kirche anvertrauten Schafe. Nun war er hier schon dreißig Jahre im Amt, nie, nie war etwas Böses vorgefallen; er hätte es doch erfahren müssen durch die Beichte.

Schmitz, als geborener Eifeler, war ganz seiner Ansicht. Ja, draußen waren sie alle raffiniert, aber hier?! »Ne«, sagte er, »hier sind se zu ehrlich!«

Der Gendarm nickte dazu: »Und viel zu dämlich!«

Nur das Hausiererchen sagte kein Wort zur Entlastung der Einheimischen.

Er stöhnte und jammerte, am meisten darüber, daß der Gendarm den Taler eingezogen hatte, um ihn seinem Vorgesetzten, dem Obergendarmen zu Wittlich, abzuliefern. »Jeß, Jeß«, klagte er, »duh sein ech vom Räjen unner de Trauf gekomm! Hähr Scha-Schan-darm – ech will mein Dahler re-redur!« Er lallte schon, sie hatten ihm zum Trost wacker eingeschenkt.

Heute brannten die Lichter in den Häusern länger denn je, nur Pittchens Hütte lag still und finster.

Spät in der Abenddämmerung kam Zeih ins Dorf geschlichen; Tannennadeln hafteten ihr im Haar, und am Kleid klebte ihr Waldmoos. Ungesehen hoffte sie ihre Hütte zu erreichen, aber schon wurde sie angehalten. »Hatt Ihr't gehört? Hatt Ihr't gehört vom falschen Dahler?«

Mit Ungestüm platzte sie daheim in die Stube, wo Pittchen quer überm Bett lag, die Augen starr gegen den Deckbalken gerichtet. Er hatte eben den Rausch der vorigen Nacht ausgeschlafen, nach der Frühmesse war er erst heimgekommen; nun schmerzte ihn der Schädel noch. Stumpfsinnig brütete er. Als er seine Frau erkannte, schnauzte er sie an: »Wuh haste dech widder erumgetriewen, dau –«

Sie achtete gar nicht darauf, gleich fuhr sie mit der Neuigkeit heraus: »Haste't gehört? Se haon en Dahler, en falschen Dahler gefunnen! Se sein dem Kerl als uf der Spur.« In grauenvollem Entzücken schlug sie die Hände zusammen: »Dän hänken se uf, wann se dän kriehn! Pittchen, wat saoste nau?«

Keine Antwort.

Sie beugte sich über ihn – schlief er schon wieder? »Pittchen, en falschen Dahler! Denk ehs! Hörste dann net?« Sie packte ihn am Arm.

»Ech hören.« Ihre Hand zurückstoßend, richtete er sich mühsam ein wenig auf, seine Stimme klang heiser.

»Nä, datste dech aach e su wenig inderessierst«, sagte sie ordentlich beleidigt, »e su ebbes passiert doch net alle Dag! Denk ehs, wann se dän kriehn, dän –«

»Wän es et dann?« Sich auf den aufgestemmten Ellbogen stützend, sah er sie stier an.

»Huh«, kreischte sie lachend, »maachst dau en Visasch! Eweil könnt mer sech jao graulen!«

»Wän es et – wat saon se?« stieß er hervor. Seine Lippen zitterten, seine Hände auch.

Sie zuckte die Achseln. »Dat waaß ech net. Äwer waart«, – sie ergriff gern eine Gelegenheit, wieder fortzukommen – »ech giehn noch ehs on hören mech om!« Schon war sie zur Tür hinaus.

Allein!

Er stöhnte auf in verzweifelter Wut. Mit einem Satz war er aus dem Bett und nebenan in der Kammer. Mit angstvoll prüfendem, scheuem Blick sah er sich um – nichts zu entdecken! Friedlich lag sein Handwerkszeug auf dem Tisch, das niedrige Öfchen stand an der Wand, der Schemel daneben. Sonst alles leer.

Erleichtert atmete er auf. Aber da, da in der Ecke, wo Lehm und Steine, von der bröckligen Mauer herabgefallen, einen Schutthaufen bildeten?!

Stechend bohrte sich sein Blick dort ein. Und dann räumte er in fiebernder Hast den Schutt in eine andre Ecke, riß von der Wand noch mehr darauf herunter und ließ den schmutzigen Estrich der ersten Stelle unbedeckt. So war nichts verdächtig.

Draußen ging jemand in einiger Entfernung vorüber, dumpf hallten die Schritte. Was, was, paßten sie ihm gar schon auf?! Blitzschnell löschte er das Licht.

Mit angehaltnem Atem schlich er im Dunklen aus der Kammer in die Stube zurück und aus der Stube an die Haustür.

Vorsichtig öffnete er sie spaltbreit und lauschte nach dem Dorf hinunter. Flimmernde Lichter und Hundegebell, verworrene Stimmen und Rufen und Lachen.

Blätter säuselten im Nachtwind, durch das Gras huschte etwas – er schreckte zusammen. Was war das?! Ach, nur eine Katze, die den geschmeidigen Leib über den taufeuchten Rasen zog und sich, leise raschelnd, unterm nächsten Zaun verkroch.

Mit bebenden Fingern strich Pittchen das wirre Haar aus der Stirn; dann stahl er sich, gewandt wie die Katze, im Schutz der Hecken zum Dorf hinunter und, jeden Lichtstreif, der aus den Fenstern fiel, vermeidend, schlich er lauschend um die Häuser.

XIII.

Das Kreisblatt zu Wittlich hatte eine Warnung erlassen, und die genaue Beschreibung des falschen Talers stand dazu gedruckt; auch im Dauner Kreisblatt war's zu lesen.

Ein panischer Schrecken hatte die Bevölkerung ergriffen, manch Bäuerlein rannte nach der Wittlicher Sparkasse und ließ von den Sachverständigen daselbst seine paar Tälerchen prüfen. Sonst hatte man der Sparkasse nicht viel Vertrauen geschenkt; da schienen doch die Taler viel sichrer daheim im Kasten, warm unterm Bett oder im Strumpf zu unterst in der Lade.

Auch der Krumscheid begab sich nach Wittlich und borgte extra dazu das Chaischen vom Pauly zu Oberkail; den Sparkasten stellte er neben sich, sorgsam mit einer Decke verhüllt. Als er durch den dunklen Wald fuhr, setzte er sich darauf.

Ein geschlagner Mann kam er heim – elf von seinen Talern waren falsch! Die hatten sie gleich dabehalten zu Wittlich und hatten ihn ausgefragt, daß ihm der Verstand knackte; er dachte nach und dachte wieder nach, aber wie sollte er's noch wissen, von wem er die Taler bekommen?! Und der Obergendarm, mit dem – weiß Gott! – nicht zu spaßen war, hatte ihn zum Stillschweigen verpflichtet, unter der Drohung, ihn sonst in Untersuchungshaft zu nehmen. Das war das bitterste, nicht einmal erzählen durfte er's!

Und noch mehr falsche Taler tauchten auf, hier und da. In Hupperath und Karl, in Oberkail und Spang-Dahlem, in Manderscheid und Bettenfeld, in Oberöfflingen und Niederöfflingen, in Stadtfeld und Daun; die ganze Gegend war verseucht.

In der ersten Zeit lief fast jeden Tag ein neues Gerücht um; bald sollte am Rhein eine ganze Falschmünzerbande ausgehoben worden sein, bald an der Mosel, bald waren die falschen Taler von Holland über die Grenze gekommen, bald von Frankreich. Die Weiber von Eifelschmitt hatten soviel zu erzählen, daß sie gar nicht mehr zu ihrer Arbeit kamen; sie brannten vor Neugier und Aufregung, und Pittchen stand mitten unter ihnen auf der Gasse und schürte den Brand.

Seine Erzählungen überboten noch alle anderen; es war ein ganzes Gewebe von Lügen, das er sich in seinen schlaflosen Nächten aussann und den Dummen über den Kopf warf. In guten Stunden frohlockte er – waren die alle einfältig! Aber es kamen auch böse Stunden, in denen packte ihn die Angst am Schopf und drückte ihm die Kehle zu.

Er traute sich nicht, etwas auszugeben, auch nicht, beim Krumscheid zu borgen; der hätte sowieso jetzt nichts hergeliehen, da er immer von ›Verhungern‹ sprach. In den Wirtshäusern konnte Pittchen auch nicht sitzen; in die allerentlegenste, im fernsten Waldwinkel versteckteste Schenke war die Kunde von den falschen Talern gedrungen.

Schmalhans war wieder eingekehrt in Mifferts Hütte, und zwar so plötzlich, daß Zeih sich nicht in den jähen Wandel finden konnte. Was half es dem Peter, daß er ihr kläglich beteuerte: es sei alles alle geworden. Sie glaubte ihm nicht; soviel Geld konnte gar nicht alle werden.

Sie lag ihm in den Ohren Tag und Nacht und quälte ihn und bettelte um Geld und weinte; an was sie früher gar nicht gedacht, das brauchte sie jetzt zur allerdringendsten Notdurft. Sie hatte eben das Bessere kennen gelernt.

Und wenn er zur Tina kam, dann tribulierte auch die ihn. Was würde die gucken, wenn er auf einmal sagte: »Ech haon ken Gäld mieh!« Er fürchtete sich vor ihren schlauen Blicken und ihrer Spürnase.

Und Spürnasen waren die Weiber alle; sie verfolgten ihn auf Schritt und Tritt, sie hefteten sich an seine Fersen, hingen sich ihm an und zogen ihn nieder. Er spielte den Kranken, da kamen sie in seine Hütte und brachten ihm Suppen. Und Tee mußte er trinken und Latwergen schlucken, höllischen Mischmasch von allerhand Blattzeug und Gewurzel; und Einreibungen und Umschläge mußte er probieren von Schneckenspeichel und gekautem Brot.

Da er sie so nicht los wurde, tat er böse und schmollte, besonders mit der Tina. Aber je mehr er sich abkehrte, desto mehr rannten sie ihm nach; und die Tina kam ganz frech zu ihm am hellichten Mittag, setzte sich ihm auf den Schoß, in Gegenwart der Zeih, und fragte ihn, wann er sie ausführe? Und gab ihm lachend einen Nasenstüber, daß ihm das Wasser vor Wut und Schmerz in die Augen schoß.

Kaum war die weg, machte ihm die Zeih einen Skandal. Also dafür mußte sie hungern, daß er mit dem Mensch, der Tina, das Geld verpraßte?! Bitterlich weinend rang sie die Hände:

»Oh, ech arm Dier! Wären ech nor dud, ech on dat Josefche! Mir sein ganz verlaoß, mir haon niemand, dän for ons sorgt!«

Ihr Jammern tat ihm in der Seele weh – sie war doch immer noch die beste, hatte ihm nie ein schiefes Maul gezogen; und wenn sie jetzt klagte, wahrhaftig, sie hatte ganz recht. Zerknirscht versprach er ihr ein buntes Tuch, wie er der Tina eins von der Wittlicher Messe mitgebracht, und dem Josefchen einen Zuckerkringel; auf den Sonntag verhieß er sogar ein Stück Fleisch in den Topf. Selbst ganz gerührt, wischte er ihr die Tränen von den Wangen, immer wieder strich er ihr mit zitternder Hand übers Gesicht; sein Herz war wie entzweigeschnitten, ganz auseinander in einem schmerzhaften, seltsam öden, katzenjämmerlichen Gefühl.

Er wußte nicht mehr aus noch ein; in gräßlicher Ungewißheit und qualvoller Unentschlossenheit verrannen ihm die Tage.

Währenddessen sänftigten sich draußen die erregten Gemüter, das Geschwätz von den falschen Talern war schon nicht mehr das einzige. Bald wurde der gewohnte Alltagsklatsch wieder aufgenommen und verdrängte das bis dahin herrschende Gespräch. Zudem rückte Peter und Paul näher, bald kamen die Männer; die Weiber besannen sich auf ihre Pflicht. Hütten wurden geweißt, Tische, Schemel, Töpfe und Bänke gescheuert, Wäsche gewaschen, helle Kleider gesteift und in der Kirche für glückliche Heimkehr gebetet. Auch die Zeih wurde still.

Pittchen atmete auf; in der gezwungenen Ruhe und bei dem Mangel an geistigen Getränken erholten sich seine erschütterten Nerven. Er hatte nun doch wieder einige Spannkraft, etwas von der alten Elastizität; dabei kitzelte ihn eine gewisse Schadenfreude, den gar so Dummen ein Schnippchen zu schlagen.

Vorsichtig ließ er seine Augen um und um gehen – nichts Verdächtiges! Wer würde es merken, wenn er einmal wieder einen wandern ließ?! Sie brannten ihn ordentlich in der Tasche.

Er besuchte das Kreuz auf dem Kirchhof und saß lange auf dem steinernen Sockel.

Merkwürdig, so spöttisch der Peter früher gewesen, so fromm war er jetzt. Seit dem vergangenen Herbst ging er fleißig zur Kirche und lag oft vor dem Bild der Himmelskönigin auf den Knien; sie war seine Schutzpatronin.

Und wie er sich einmal in abergläubischer Scheu den Segen des Himmels durch eine Guttat erkauft, so tat er auch diesmal.

Die heilige Jungfrau würde ihm lächeln. – – –

Wohlgemut pfeifend, die Hände in den Hosentaschen, schlenderte Pittchen heute wieder herum. Mit besonderer Zuvorkommenheit grüßte er den Oberkailer Gendarm, der mit blitzenden Knöpfen, in Helm und Sonntagsuniform das Dorf passierte.

Der Oberkailer wanderte zu seinem Vorgesetzten nach Wittlich, um dort Bericht zu erstatten. Sein dienstliches Notizbuch im Busen war vollgepfropft mit allem möglichen Unwesentlichen; in der Hauptsache konnte er nur melden: ›Nichts Neues vorgefallen, alles ruhig.‹

Mit einem höhnischen Grinsen sah Pittchen ihm nach.

Es war eine kolossale Hitze. Die Straße lief wie ein blendendes Band hin, in weißlichen Staub gehüllt; kein Gräschen am Rain, kein Blatt am Baum rührte sich. Die Mittagssonne sog mit gieriger Glut jeden Tropfen Flüssigkeit aus dem Körper.

Kein Wunder, daß der wohlbeleibte Oberkailer stöhnend einen Augenblick im Schatten der großen Bäume vor der Eichelhütte anhielt und, sich verschnaufend, die enge Halsbinde lokkerte. Dankbar nahm er den kühlen Trunk Bitburger Biers an, den ihm Herr Schmitz zum Fenster heraus kredenzte.

»No, wohin dann?« fragte neugierig der Alte.

»Nach Wittlich zum Obergendarm – bei der Bullenhitze! Verfluchte Talerjeschichte!«

»Kotzdausend – wat – wo?!« Schmitz riß die zwinkernden Äuglein weit auf und rollte sie hin und her. »Haben Se wat auf'm Kieker?«

»I bewahre!« Ärgerlich preßte der Gendarm den Gurt seines Seitengewehres tiefer herunter. »Lausenest, diese Eifel! Reineweg nischt los; am besten, man verschliefe die janze Zeit.«

»Oha« – der Alte machte ein wichtiges Gesicht – »sagen Se dat nit! Ich sage Ihnen« – er dämpfte die laute Stimme zum Flüstern und wies mit dem Daumen zurück gen Eifelschmitt – »da is't nit geheuer! Seien Se auf'm Quivive!«

»Wissen wir längst, wissen wir ja längst«, sagte der andere abweisend. »Denken Sie denn, werter Herr Schmitz, die Polizei hat keine Augen im Kopfe? Nee, Jott sei Dank, so helle sind wir auch noch! Der Obergendarm hat längst die Meldung nach Trier abjejeben; seit der olle Krumscheid die elf falschen – Donnerwetter!« Er schlug sich auf den Mund. »Na, angter nanu, Sie werden ja nischt davon verlauten lassen! Auf Eifelschmitt liegt ein Verdacht, und zwar auf den Eifelschmitter Männern. Die stecken da unten in den Fabriken, mitten zwischen den Werkzeugen und all dem Krempel – und dann sind sie jedenfalls Sozialdemokraten, und die –.« Er spuckte aus. »Sehen Sie, die Kerle sind die Attentäter, die Weiber in Eifelschmitt machen die Hehler. Aber warte man! Weitjehende Recherchen sind sofort in den Fabrikdistrikten anjestellt. Ja!«

»Wat Sie schlau sind«, sagte pfiffig schmunzelnd der Alte. »Ja, die Preußen! Die Berlinersch besonders, die hören et Jras wachsen! Ich würd' nu viel eher auf den Schlosser, den Miffert, en Verdacht haben. Dat is en schlau Luder un en geschickten Kerl. Da war neulich seine Frau bei mer un hat sich wat Jeld geborgt. Von dem Momang, wo hier der Rumor wejen dem falschen Taler losjejangen is, rückt der Kerl nix mehr eraus. Is Ihnen dat nit sehr verdächtig?«

»Nanu? Hahaha!« Der Gendarm amüsierte sich köstlich; da sah man doch wieder, wie die Dummheit sämtlichen Eifelern angeboren war! »Mein werter Herr Schmitz – haha – da sind Sie nett reinjefallen mit Ihrer Schlauheit! Der Miffert – haha!

Den kenne ich wie meine Tasche, der is das dümmste Luder, wo existiert. Nenee, haha! – Na, Morjen!«

Kopfschüttelnd sah der Alte ihm nach. »Grünschnabel«, brummte er ziemlich respektlos und schlug das Fenster zu. –

Als der Nachmittag sich neigte und die Bergwand angenehmen Schatten auf den Talweg warf, klopfte der geistliche Herr an die Eichelhütte. Es war ihm zur lieben Gewohnheit geworden, dort einzukehren; nur wenn er Herrn Schmitz nicht zuhause wußte, dehnte er den täglichen Spaziergang bis Himmerod aus. Die alte Klosterruine kannte er längst in- und auswendig, aber der Schmitz, der war ihm etwas Neues, ein Stück Welt, das in seine Vereinsamung gedrungen war. Dann saßen die beiden beim Gläschen Moselwein, die ›Kölnische Volkszeitung‹ lag auf den Tisch gebreitet. Die hielt sich Herr Schmitz, der Freigeist; der Pfarrer konnte nur mit dem ›Paulinusblättchen‹ aufwarten.

Sie politisierten mit Vorliebe. Schmitz sprach in einem belehrenden Ton, schlug gern zur Bekräftigung seiner Kannegießereien auf den Tisch und wurde krakehlig, wenn man nicht seiner Meinung war. Der Pfarrer hörte zu mit stillem Lächeln; er war es gewohnt, sich zu fügen.

Heute politisierten sie nicht. Unentfaltet lag die Zeitung; der Sonnenstrahl, der sich durch das dichte Dach der Bäume bis zu dem steinernen Gartentisch stahl, blinzelte auf noch immer nicht geleerten Gläsern. Ganz bekümmert lehnte der geistliche Herr in seinem Stuhl; den einen Arm über die Lehne gehängt, den andren wie zur Abwehr erhoben, starrte er sein Gegenüber an.

»Aber, Herr Schmitz, aber, aber! Der Miffert ist ein durchaus ehrlicher Kerl, für den kann ich bürgen. Wie schön hat er den Kirchenkronleuchter repariert! Das war im vergangenen Herbst. Aus altem Zinn und Blei und der Himmel weiß was hat er ihn wieder hergerichtet. Tag und Nacht hat er dran gearbeitet.«

»So.«

Weiter sagte Schmitz nichts, aber er spitzte die Ohren und pfiff in eigentümlicher Weise durch die aufeinandergebissenen Zähne.

»Nein, nein, auf den Peter laß ich nichts kommen, der ist wirklich fromm. Wie oft treff' ich den nicht in der Kirche! Erst kürzlich sah ich ihn in andächtigem Gebet versunken vorm Altar unserer lieben Frau auf den Knien liegen. Und glauben Sie, daß der was dafür genommen hat, als er dazumal mit der Arbeit fertig war? Den Heiligen hat er's zu Gefallen getan; nur einen Vorschuß zur Anschaffung einiger notwendiger Werkzeuge hat ihm die Kirche gezahlt. Nein, nein, lieber Herr Schmitz, ein bißchen leicht ist der Peter wohl, das liegt nun mal in den Verhältnissen« – der Pfarrer stieß einen Seufzer aus – »da muß man sich eben mit abfinden. Aber sonst –!«

»So?!« Der Alte zog die Augenbrauen hoch und hob den dikken Zeigefinger. »Der Grünschnabel, das Berliner Großmaul, lacht zwar dazu, aber ich« – er schlug auf den Tisch – »ich weiß, wat ich weiß!« Er war heftig geworden und ganz rot im Gesicht; jetzt hatte er seinen Kopf aufgesetzt.

»Aber, aber, Herr Schmitz«, sagte der Geistliche ganz kleinlaut. »So ein guter Mensch wie Sie! Wie können Sie einen Nebenmenschen so verdächtigen?!«

»Ich verdächtige ja gar keinen, ich sage bloß, wat ich weiß. Ich bin en aufjeklärter Mensch, der sich in der Welt umjekuckt hat. Hat mir auch erst nit in den Kopp jewollt, dat en Eifeler en so raffiniertes Luder sein sollt, aber mer is doch kein Esel. En juter Mensch braucht doch kein dummer Mensch zu sein. Ich will auch jar kein juter Mensch sein«, schrie er krakehlig, »wer sagt Ihnen, dat ich en juter Mensch bin?!«

»Ach, Herr Schmitz« – der Pfarrer legte ihm begütigend die Hand auf den Rockärmel, – »Sie haben ja erst grade so was Gutes getan, unsrer armen Kirche eine so reiche Spende gegeben –«

»Ich? Ne!«

»Tun Sie doch nicht so! Die rechte Hand soll freilich nicht wissen, was die linke tut.«

»Ich weiß nit, auf wat Sie anspielen, Herr Pastor, ich –«

»Ich habe Ihren Taler in der Büchse gefunden«, sprach lächelnd der geistliche Herr. »Zur Ausschmückung des Altars der Hochheiligen Jungfrau! Zufällig schüttete ich gestern abend die Büchse aus; sonst tu' ich's nur alle halbe Jahr; es lohnt sich nicht eher. So was ist ein rarer Vogel unter all den Kupferpfennigen!«

»En Taler –?! Von mir?! Dunnerkiel, ich bin doch nit toll! Wann't noch en Buxenknopp jewesen wär'! Der Taler is nit von mir.«

»Nicht von Ihnen?! Aber –«

»Ne, wahrhaftig ins Gott nit!«

Verblüfft sahen sich beide an.

»Aber, aber« – der Pfarrer faßte sich an die Stirn – »von wem kann der Taler sein? Hier in Eifelschmitt?! Ein Taler in der Kirchenbüchse?! Mir steht der Verstand still.«

»Dat jlaub ich«, sagte trocken Herr Schmitz. »Mir scheint, der Spender von dem Taler is nit e so weit. Wann einer zu fromm is, hört de Klugheit auf. Wat meinen Sie, Herr Pfarrer? Lassen mir mal jehen, ich möcht ihn mer doch emal ankucken, den –« er machte eine Pause und sah den anderen bedeutungsvoll an »den Taler!«

Und sie gingen. Der geistliche Herr fast widerwillig, in sich gekehrt, ohne Wort, nur ab und zu den Kopf schüttelnd. Schmitz eilig, in einer gewissen neugierigen Spannung.

In des Pfarrers Studierstube ließ er sich mit einem Seufzer der Erleichterung in den alten Ohrensessel fallen. »So, nu zeijen Se mal her!«

Mit zitternden Händen kramte der Geistliche in seinem tannenen Schreibtisch; erst hatte das Schloß nicht schließen wollen, dann fand er den Schlüssel zu dem Kästchen nicht, in dem er die Kirchenkasse verwahrte. Der bloße Verdacht schon hatte ihn ganz außer Fassung gebracht. Endlich hatte er den Taler; aufgeregt hielt er ihn Schmitz hin.

Dieser warf nur einen kurzen Blick darauf, nahm ihn dann in die Hand und ließ ihn auf die Platte des Tisches niederkollern.

»Da haben wir't – falsch!«

»Aber wie kommt der in die Sammelbüchse für den Altar der Hochheiligsten?« jammerte der geistliche Herr. »Ein falscher Taler in die Kirche – oh, die Sünde!«

»Oh, die Dummheit!« sagte der andere mit einer eigentlich etwas respektwidrigen Nachahmung im Ton.

»Wer kann das getan haben?« ächzte der Pfarrer und hielt sich den Kopf. »Keins meiner Beichtkinder, nein, nein!«

»Jedenfalls keins, dat en Weiberrock anhat!«

Schmitz betrachtete wieder den Taler und brummte vor sich hin:

»Die sind ja hier so arm wie die Feldmäus' bei Mißernt', un Weiber sind auch all viel zu geizig derzu. Bleibt niemand übrig wie der Peter mit der Erbschaft. Schlosser is den auch noch obendrein. Hm, hm – freilich, für so en dumm Luder hätt ich den nit jehalten, jeht un schmeißt dem Muttergöttesche en Taler erein! Die Dummheit könnt ei'm fast irr machen. Hm, hm!«

»Er hat es nicht getan; er kann es nicht getan haben«, stritt der arme Seelenhirt; er war so entsetzt, als sei der Wolf über seine Schafe geraten. »Er hat es nicht getan!«

»Werden wir ja sehn«, sagte trocken Herr Schmitz. »Ich jeh' nach Wittlich!«

XIV.

Es ging gegen zehn Uhr abend – eine schwüle, dunkle Sommernacht; auf leisen Sohlen geht sie über die Flur.

Am Himmel flimmern die Sterne, matt, bis sie ganz verschwinden hinter undurchdringlichen Wolkenschichten. Nur zu ahnen sind die Berge; ins Ungeheuerliche vergrößert, schmelzen sie in eins zusammen mit den Wolkenballen, die auf sie niederhängen. Die einzelnen Felsnasen, die an den Berglehnen vorragen, schauen fratzenhaft verzerrt ins Tal. Wie ein schwarzer Raubvogel mit ausgebreiteten Schwingen hängt der Wald überm Dorf, bereit, sich niederzustürzen und die Wehrlosen mit seiner Last zu erdrücken. Vereinzelter Lichtschein blinzelte in den Hütten von Eifelschmitt. Die faulsten der Weiber schliefen schon, die weniger faulen schafften noch im stillen. Der Tag trödelte sich so hin, da mußte der späte Abend herhalten; denn lange konnten die Männer nicht mehr ausbleiben.

Hier wusch noch eine, hinter dem mit alten Fetzen verhängten Fensterchen. Da prügelte eine ihren Kindern das ›Artigsein‹ für den Vater ein und erstickte das Geschrei, indem sie ihnen das bleischwere Deckbett über die Köpfe zog. Dort saß eine ganz junge bei unruhig flackerndem Kerzenschein und nähte sich rote Strumpfbändel zum Tanz.

In den Fugen der bröckligen Mauern zirpten die Grillen, in den Ställen schnaufte das Vieh; die Stille trug beides weit in die Runde. Verschlafen meckerte eine Ziege, ein Säugling greinte, ein Hund knurrte – dann alles ruhig, in Lautlosigkeit begraben.

Man hörte das Schweigen der Sommernacht.

Aber jetzt regte sich etwas zwischen den Hecken, die den schmalen Pfad zu Mifferts Hütte einfaßten. Es streifte rauschend an den Büschen entlang, die wild überhängenden Zweige knackten.

Ein paar dunkle Gestalten tappten vorsichtig die Steige hinan, man hörte unterdrücktes Flüstern und dann ein warnendes ›Pst, pst‹.

In einiger Entfernung folgten noch zwei Gestalten, neugierig schlichen sie hinterdrein.

»Es et dann wirklich waohr?« wisperte der Krumscheid dem neben ihm Schleichenden ins Ohr. »On Se sein sicher, Hähr Schmitz? Jeßmarijusef, dän Pittchen!«

»Er is et«, antwortete ziemlich laut und bestimmt die Stimme des Schmitz. »Meint Ihr, ich wär' umesonst stracks nach Wittlich geschäst, wat haste wat kannste, un hätt' Alarm geblasen?! Der Kerl, der Esel –«

»Pst«, warnten die vorderen.

Zu spät! Schon wurde Mifferts Hüttentür von innen aufgerissen, ein Lichtschein fiel ins Dunkel hinaus. Und mitten im Lichtschein zeigte sich eine Gestalt, Pittchen, in lauschender Stellung vorgeneigt, wie ein aufgescheuchtes Wild nach allen Seiten spähend.

Den Männern stockte der Atem, sie drückten sich dichter in den Schutz der Hecke.

»Wän es elao?« rief Peter argwöhnisch; seine Stimme klang aufgeregt. »Kotzdunner, wän ramurt lao erum, dat mer net –«

»Im Namen des Gesetzes!« Mit einem Satz stand der Obergendarm vor ihm.

Blitzgeschwind duckte sich Pittchen und schien an der, wie aus dem Erdboden aufgeschossnen Gestalt vorbeischlüpfen zu wollen. Vergebens! Schon hatte ihn ein zweiter fest am Kragen.

»Peter Miffert, im Namen des Gesetzes!« wiederholte der Obergendarm noch einmal mit Würde.

Einen Schrei stieß Pittchen aus, einen einzigen, kurzen Schrei, der durch die Nacht gellte, wie ein Trompetenstoß, über das schweigende Dorf hinfuhr, hin über die Wiesen und Äcker und von der Bergwand widerhallte. Die Knie knickten ihm ein, in schlotternder Haltung stand er auf seiner Schwelle.

Aber jetzt raffte er sich schon wieder auf. Sein erblaßtes Gesicht rötete sich, mit Kraft entwand er sich der haltenden Faust, und, den Oberkailer zurückstoßend, schimpfte er:

»Zackerloot noch ehs, wat soll dat haaßen?! Es dat en Manier, de Leit zo erschrecken! Ech haon gemaant, de Räuwer fielen öwer mech här. Wat wollt Ihr dann? Ha-o-uh« – er zwang sich zu einem unterdrückten Gähnen – »mir wollten justement schlaofe giehn; ons Josefche es eweil widder onpaß*. Ha-o-uh – wat sein ech müd!«

»Laßt die Fisematenten«, sagte streng der Obergendarm. »Voran, zeigt uns Eure Wohnung!«

»Die es bal gezeigt – haha!« Pittchen brach in ein kurzes, krampfhaftes Lachen aus. »En anzige Stuw, on neist mieh. Äwer Scherz bei Seit, Ihr Hähren, wat wollt Ihr eweil in meiner Stuw, dat Zeih es justement beim Ausduhn**!«

»Schadt nischt«, sagte der Oberkailer. »Voran, marsch!«

Peter zögerte, seine Blicke flogen nach allen Seiten.

»Voran!« Der Gendarm hielt ihm den doppelläufigen Revolver unter die Nase. »Voran, im Namen des Gesetzes!«

Ein verächtlicher Blick Peters traf diesen; dann machte er, mit der Energie der Verzweiflung sich bezwingend, eine einladende Handbewegung: »Angtré!«

Miffert voran, traten sie alle in die Stube. Da war nicht viel zu sehen; ein elendes Licht beleuchtete die kahlen Wände. Aufgeschreckt vom Lärm draußen, stand die Zeih halbentkleidet im Zimmer und starrte mit aufgerissenen Augen die Eintretenden an.

Schmitz, als letzter, fuhr ordentlich zurück – Donnerwetter, was hatte die für ein paar Arme! Und was für einen Busen! Er genierte sich und konnte doch nicht wegsehen.

»Jesses«, rief die Zeih, halb erschrocken, halb amüsiert. »Pittchen, biste gäck, wat führste de Hähren heihin?! Ech –.« Mit einer verschämten Gebärde raffte sie ihr Kleid vom Boden auf und warf dabei einen raschen Blick auf den Oberkailer.

Der hatte jetzt kein Auge für sie, sondern hing nur an den Lippen des Vorgesetzten.

Der Obergendarm verzog keine Miene. Mochten da alle Frauenzimmer der Welt im Hemde stehen; er hatte eisgraue Haare, was ging's ihn an?! Er sprach nur das eine Wort: »Haus-

* krank ** Ausziehen

suchung!« Und wie ein Spürhund stürzte sich der Oberkailer in alle Ecken.

Er riß die Kleider von der Wand und schüttelte sie um und um, guckte in den Herd und stöberte die Asche auf, legte sich platt auf den Boden und bohrte seine Blicke in jeden Winkel, stürzte sich aufs Bett, riß es auseinander, wühlte in den Kissen und durchstocherte den Strohsack mit seinem Seitengewehr.

Ein Hohnlächeln auf den, doch vor geheimer Angst verzerrten Lippen, sah Peter ihm zu. Er stand mitten im Zimmer, die Arme ließ er schlaff herunterhängen; den Oberkörper etwas vorgeneigt, mit aus dem Kopf gequollnen Augen, schien er eine Gelegenheit zum Entwischen zu erspähen.

Aber vor die Tür hatte sich die vierschrötige Gestalt des Schmitz gepflanzt. Neben dem stand der Krumscheid; zitternd vor Aufregung schrie er Peter an: »Elf Dahler! Elf falsche Dahler! O dau Schubjack, dau Filu! Dech mössen se hänken, su hoch dän Mosenkoap es! Dau Bedröger, dau Befauteler, dau –«

»Ruhe«, gebot der Obergendarm. »Krumscheid, keine Schimpfereien!« Er wandte sich an den Oberkailer: »Sie haften mir für den Miffert. Die zwei Herren da bewachen das Frauenzimmer. Ich will derweil emal selber da drinnen Nachsuchung halten!« Er deutete auf die Kammertür, die, durch einen alten Schrank halb verstellt, ganz im Schatten lag.

Ein unartikulierter Laut rang sich von Pittchens Lippen.

»Sagtet Ihr was?« fragte der Obergendarm, sich auf der Schwelle noch einmal umdrehend. »He, Miffert?!«

Keine Antwort.

Eine kleine Laterne, die er am Gürtel getragen und angezündet hatte, hochhaltend, verschwand er in Mifferts Werkstatt.

Totenblaß, mit Augen, die unstet umherrollten, stand Peter wie angewurzelt. Er fühlte an seinem Halse den Griff des Oberkailers, aber schlimmer war der Griff jener eisigen Angst, die ihm das Herz zusammenpreßte, daß es den Schlag aussetzte. In seinem Kopf war ein wüstes Durcheinander, aus dem sich ihm nur der eine klare Gedanke hervordrängte: ›Der durfte nichts finden, nichts!‹ In ohnmächtiger Wut knirschte er mit den Zähnen. Fand der da drinnen etwas – fand er nichts?!

Mit verzehrender Angst hing sein Blick an der Kammertür.

Kein Wort wurde gesprochen. Mit einem dummleeren Ausdruck wanderten Zeihs Augen von einem zum anderen; sie hatte keine Ahnung, was eigentlich vorging, und doch wagte sie keinen Laut. Die Arme über der, durch die hastig übergezogene Taille nur notdürftig bedeckten Brust verschränkt, die Zöpfe, aus denen der Pfeil schon herausgezogen war, lang über den Rücken hängend, hockte sie auf dem Schemel. Was wollten die Männer? Was hatte ihr Pittchen getan?! In unbestimmter, kindischer Furcht fing sie an zu weinen.

Fünf Minuten vergingen, zehn Minuten, eine Viertelstunde, eine Ewigkeit.

Man hörte den Obergendarmen drinnen hin und her trappsen und polternd das Gerät um und um kehren. Für Minuten wurde es wieder ruhig. Und dann hörte man sein Klopfen an den Wänden, sein Füßescharren – jetzt sein Fluchen, und jetzt – dumpfe Schläge.

Dann Stille.

Schon atmete Pittchen auf, ein erlösender Seufzer wollte sich seiner angstgepreßten Brust entringen – da – die Tür knarrte. Der Obergendarm trat aus der Kammer, beschmutzt und bestaubt; aller Blicke hingen an ihm.

Er trug etwas.

Peter wurde leichenblaß, vor seine Augen legte sich ein Schleier.

»Da«, sagte der Wittlicher kurz und ließ mit einem Plumps einen geöffneten, schmutzigen Leinenbeutel auf den Herdrand fallen; ein paar Taler sprangen heraus und rollten mit bleiernem Geklapper über den Fußboden. »Unterm Estrich verstochen. Aber doch gefunden!«

»Hah!« Ein einziger Atemzug ging durch die Stube; kein Mensch wagte ein Wort. Sie standen alle wie angenagelt, die Hälse gereckt, mit aufgerissenen Augen.

Schmitz fand zuerst die Sprache wieder. »Da hammer de Jeschicht!« Und sich aufreckend, schrie er: »Hab' ich et nit jesagt, hab' ich et nit jesagt? Wat nu?!«

Ein Fauchen, wie das eines wilden Tieres, antwortete. Peter schien sich auf den Alten stürzen zu wollen, aber gleich darauf ließ er den Kopf auf die Brust sinken; ein zitterndes Stöhnen entrang sich seiner Kehle.

»In flagranti erwischt«, sprach der Obergendarm weiter. »Werkzeuge, alle möglichen Dinger, ein Schmelztiegel, Blei, Zinn und so'n Zeugs, alles lag da unten bei den Talern. Das richtige Hamsterloch hat sich der Kerl unterm Estrich ausgegraben. Mehr brauchen wir wirklich nit – hier!« Er zog eine Gipsmatrize aus der Tasche und zeigte sie herum. Und dann verschloß er die Kammertür. »Das bleibt alles stehen und liegen, Ortsvorstand!«

Krumscheid grunzte ein: »Jaowoll!«

»Sie passen auf, daß nix wegkömmt. Hier den Talerbeutel nehmen wir gleich mit. Und nu allons!«

»Miffert«, wandte er sich an Peter und legte ihm die Hand schwer auf die Schulter, »Sie sind überführt. Im Namen des Gesetzes verhafte ich Sie!«

Peter rührte kein Glied.

»Sagt Eurer Frau adjö! Voran! Wird en Meng Wasser die Mosel erunner laufen, bis ihr euch wieder zu sehn kriegt. So'n Falschmünzer!«

»Hau«, sagte des Krumscheids Stimme von der Tür her, »hau, jetzt kömmt hän in't Kittchen!«

Peter zuckte zusammen.

›In't Kittchen‹ – das hatte Zeih verstanden. Sie schrie hell auf: »Jeßmarijusef, in't Kittchen?! Pittchen, was haste denn pexiert? Pittchen! O die Schand! Wat werden se al saon?! Dat öwerläwen ech net. In't Kittchen – Jesses! Josefche, Josefche!« Sie stürzte an die Wiege und riß das Kind heraus; es mischte sein durchdringendes Jammergeschrei mit dem ihren.

»Dat arme Weib«, murmelte Schmitz und wischte sich den Schweiß ab.

»On dat Josefche«, flüsterte Krumscheid, »so en deierlich Worm!«

»Wat haot hän dann gedahn?« jammerte die Zeih und packte den Obergendarm vorn an der Uniform. »Oh, liewer Hähr, laoßen Se em doch giehn! Hän es e su en gude Mahn, hän duht niemand neist Onüwels!« Sie warf sich nieder und umklammerte seine Knie. »O liewer Hähr, sein Se doch als barmherzig, laoßen Se em doch hei! Wat sollen ech anfänken ohn dat Pittchen?! Hän es e su brav, e su ordentlich –«

»Dat könnt Ihr ja alles vor Gericht aussagen!« Der Obergendarm machte sich ungeduldig von ihr los. »Ihr habt Euch ohnehin vom Verdacht der Beihilfe bei der Falschmünzerei zu reinigen. Ihr habt doch sicher drum gewußt. Das Gericht –«

»Gerich – wat? Ech vor't Gerich?!« Die Zeih fuhr auf, wie von einer Schlange gebissen. »Ech vor't Gerich – Jesses, Jesses! Ech haon niemand neist Beeses gedahn! – O hätten ech doch uf mein Vadder sälig gehört on dän Pitter net gefreit, eweil säßen ech net e su in der Bredullich! Nä, nä, ech sein onschullig! Onschullig, dir Hähren, wie en schnieweiß Lamm!«

»Dat is se, Herr Obergendarm«, rief Schmitz. »Ich bürge für die Lucia Miffert!«

»Ich kann ihr auch nur das beste Zeugnis geben«, sagte etwas schüchtern der Oberkailer.

»Huh, vor't Gerich, vor't Gerich! Ech sein onschullig«, kreischte Zeih ohne Unterlaß, ihre Zähne schlugen aufeinander, in sinnloser Angst klammerte sie sich an Herrn Schmitz. »Huh, vor't Gerich, vor't Gerich!«

Sie zitterte am ganzen Leib. Ihr Beschützer mußte ihr das Josefchen abnehmen, das hätte sie sonst fallen lassen.

Der Obergendarm beruhigte sie: »Es geschieht Euch ja nichts, nur ruhig, Frau! Ihr braucht nur Euer Aussag' zu machen!«

»Jao, dat will ech, dat will ech aach«, schrie sie heulend. »Hän haot mech bedrogen, dän Lomp! Bedrogen, Dag on Naacht – fraot noren dat Tina on de annren Fraleider! Ech moßten hongren on derhäm sitzen, on eweil haot hän de Ärwschaft verjuchheht! On wann hän besoff waor, haot hän mech geschlaon. – Kucktelhei!« Sie riß das Kleid von ihrem weißen Nacken und zeigte Striemen, die darüber hinliefen. »Duh haot hän mech geschlaon, derlätzt met der Haselgert. Ihr könnt et glauwen, dir Hähren, ech kann dat Läwen bal net mieh mantenören – o ech onglöcklich Persohn, ech miserabel Framensch! Wän soll for ons sorgen, wann hän im Bulles* sitzt?!«

»Ich!« sagte der Junggesell, trat heran, das Kind auf dem Arm, und schnäuzte sich krampfhaft.

»O Hähr Schmitz!« Weinend haschte sie nach seiner Hand, die das rote Taschentuch hielt, und packte sie mit ihren beiden Händen. Immer näher neigte sie sich gegen ihn; sie standen dicht beieinander.

Ein Schrei gellte.

»Maach!«

Schäumend, zitternd vor Wut, stand Pittchen plötzlich vor Schmitz. Wie ein Tiger war er gesprungen; die geballte Faust schlug er dem Alten auf den Kopf, daß dieser betäubt zurücktaumelte. »Ech schlaon Eich dud! Ech raoden Eich, laoßt Eier Fingren vom Zeih! Mein es se. Weg, weg, weg!« Er schlug wie ein Rasender um sich, vergebens suchten ihn die Gendarmen zu bändigen. »On wann dir mech einsperrt im tiefsten Bulles, Wochen on Monat on Jaohr – on wann dir mech köppt – on wann dir mech ufhänkt – ech kommen widder!«

Wie ein Schwur klang es, der Krumscheid zitterte vor Grausen; leise stahl er sich zur Tür hinaus.

»Onnerstieh dech!« Peter packte die Zeih und riß sie hin und her, daß sie auf die Knie fiel. »Ech kommen widder, haste't gehört?« Mit furchtbarer Drohung brüllte er sie an: »Dau bis mein!«

Und dann schmolz plötzlich seine Wut, jäh wie sie gekommen, auch jäh dahin. In heiserem Schluchzen zusammenbrechend, ließ er sich willig vom Oberkailer die Handschellen anlegen. »Zeih, Zeih«, schluchzte er, »vergeß mech net!«

»Ech vergessen dech net, nie, nie!« Ebenfalls schluchzend hing sie an seinem Halse; sie umklammerten sich beide, als könnten sie sich nicht lassen.

»Ech vergessen dech net, e su waohr ech läwen, Pittche, mei Pittche!«

Herzzerreißend klang ihrer beider Schluchzen, und das Josefchen wimmerte dazu in schrecklichen Schmerzenstönen. –

Als sie die Hütte verließen, wankte Peter wie ein Betrunkener, er lahmte so stark wie nie zuvor. Die Hände hatten sie ihm

* Gefängnis

auf dem Rücken zusammengeschlossen; neben ihm schritt der Wittlicher, hinter ihm der Oberkailer.

Herr Schmitz war bei der Zeih zurückgeblieben, die brauchte Beistand. Sie lag ganz zusammengefallen in einer Ecke und schlug wie eine Rasende die Stirn gegen die Mauer. »Pittche, mei Pittche!« Dem alten Junggesellen kamen selber die Tränen, er hob sie auf, suchte sie zu beruhigen und erschöpfte sich in Trostreden.

»Jao, ech glauwen et sälwer«, schluchzte sie an seiner Brust, »ech moß mech eweil verdrösten. Dän Pittchen« – sie hob den Kopf und strich sich resolut die Haare aus der Stirn– »Hähr Schmitz, ech sein sicher, dat dän net widder kömmt. Dän hänken se uf!«

* * *

Vorsichtig tappten die Gendarmen mit ihrem Arrestanten den Heckenweg hinunter; zur Sicherheit hielt ihn der Oberkailer hinten am Rock.

Noch war es dunkel, aber keine so tiefe Finsternis mehr wie vorher; der Mond hatte sich hinter einer schweren Wolkenwand vorgestohlen und kämpfte jetzt mit zerrissenem Gewittergewölk. Über den fernen Bergen wetterleuchtete es.

Blitzähnlich erhellten ab und zu scheue Mondstrahlen den Pfad; von den nächsten Hütten fiel auch Lichtschein herüber. Das unsichre Gehen hatte bald ein Ende, schon schimmerte heller die breite Straße – da – Gemurmel! Ein dunkler Trupp nahte sich und verstopfte den Ausgang der Heckengasse.

Die Weiber!

Zu einer Kolonne geschlossen, harrten sie in trotzigem Schweigen. Im huschenden Schein des Mondlichts sah man ihre herausfordernden Gesichter und ihre funkelnden Augen.

Keine von ihnen rührte sich, als die Gendarmen nahten; sie hielten den Weg besetzt.

»Platz«, sagte der Obergendarm und stieß die nächste mit dem Ellbogen an.

Es war Tina. »Oho«, sagte sie und drängte sich, statt zu weichen, näher an ihn heran. »Waorum schubst Ihr mech?! Hei haot jeden dat gleiche Rächt!«

»Platz für die Obrigkeit«, wiederholte schneidig der Oberkailer und warf sich in die Brust.

Ein allgemeines, schallendes Gelächter antwortete ihm.

»O dau Lappes«, schrie eine Stimme aus dem Hintergrund, »gieh nor on laoß der dein Rotznaos wischen. Mir peifen uf dein ›Platz for de Obrigkeit‹!«

»Platz, Platz!« Sie äfften ihm alle nach.

»Seid ihr doll?« rief der Obergendarm. »Verrückte Fraumenscher, macht Platz! Wenn ihr nicht auf der Stelle geht, laß ich euch samt und sonders einsperren – hört ihr, einsperren!«

»Können! Erscht können! Haha!« Tina lachte gellend. »Et wär' noch gaor e su unöwel net, met dem Pittchen zosammen im Bulles. Äwer, gäwt Obaacht!« Ihre zehn Finger wirbelten plötzlich dem alten Mann vorm Gesicht, ihre Stimme klang drohend: »Laoßt hän los!«

»Jao, laoßt hän los!« kreischte der Weiberchor.

»Heihin!« Tina packte Pittchen am Ärmel und zog ihn zu sich herüber. »Ihr, laoßt hän! Wat wollt ihr vom Pittchen? Hän haot neist gedahn!«

»Das wird sich finden!« Wütend stieß der Obergendarm Miffert in den Rücken. »Voran!«

Ein ohrenbetäubendes Gekreisch der Weiber erhob sich, in drohender Haltung rückten sie näher und näher.

Die Gendarmen waren vollständig umzingelt. Dem Oberkailer brach der Angstschweiß aus – immer neue Weiber rückten heran, aus den Häusern kamen sie gelaufen, mit Schimpfen und Lachen, und verstärkten den Trupp. Und rückwärts knackten und raschelten die Hecken, ungestüm brach eine Bande halbwüchsiger Mädchen durch, Bill voran, und verstellten auch den Ausweg.

Mit der Linken packte der Obergendarm seinen Gefangenen fester; er hätte das nicht nötig gehabt, Peter machte keine Anstalten, zu entfliehen, mit niedergeschlagenen Augen stand er, bebend wie Espenlaub. Mit der Rechten zog der Alte das Seitengewehr, die blanke Waffe glitzerte im Mondlicht.

»Platz!« schrie er, »oder –!« Vielsagend fuchtelte er durch die Luft.

Der Oberkailer hielt den Revolver vor.

Die vorderen wichen zurück, die hinteren drängten vor. »Gäwt dat Pittchen eraus, ons Pittchen! Hoho – ho –!«

Das war ein furchtbares Lärmen. Drohend erhobne Arme reckten sich wild durcheinander. »Ons Pittchen! Pittchen!«

»Ruhig, Weibsbilder!« brüllte der Wittlicher, Pittchen mit sich reißend; die blanke Waffe vorgestreckt, erzwang er sich einen Durchgang.

Kreischend wichen die Weiber zu beiden Seiten auseinander, aber gleich darauf schlossen sie sich wieder eng zusammen; der etwas zurückgebliebene Oberkailer wurde hart umdrängt. Es regnete Püffe und Stöße; da war manch eine, die ihm heimlich grollte, daß er kein Auge für sie gehabt.

Er hielt den Revolver ausgestreckt und wagte doch nicht zu schießen. Sich wie ein Kreisel drehend, um sich nach allen Seiten zu decken, schrie er: »Ich schieße – ich schieße! Platz!«

»Laoßt dän Lappes laufen«, rief verächtlich die blonde Leis, deren Zöpfe halb gelöst flogen.

Noch ein Tritt gegen die Kehrseite – nun stolperte der Oberkailer aus dem Kreis und stürmte in mächtigen Sätzen seinem Vorgesetzten nach.

Alle Weiber hinterdrein.

Auf der stillen Straße, gen Himmerod hin, fegte die wilde Jagd. Das war ein Getrappel, ein Gekreisch, ein Johlen und grelles Schreien, ein Huschen flüchtiger Gestalten. Das quirlte durcheinander, wogte, hüpfte und sprang. An der weißen Kirchhofsmauer zeigten sich, ins Ungeheuerliche verzerrt, flatternde Schatten; unheimlich gespenstisch tauchten sie auf und nieder, wischten vorbei und verschwanden.

Und hinter der bleichen Wand ragte das Kreuz aus dem Dunkel des Friedhofes; wie ein Wahrzeichen stieg es empor und schien endlos bis in den Himmel zu wachsen.

Peter wagte einen scheuen Blick dorthin; einen noch scheueren warf er hinter sich auf die nachdrängenden Weiber; sein Fuß zögerte. Sollte er sich wenden, jene zu Hilfe rufen?!

Ihn schauderte.

»Voran, voran!« trieb der Obergendarm.

Und Pittchen trottete wieder weiter.

Die Jagd wurde langsamer, jetzt fehlte es ihnen allen an Atem.

Schnaufend trabte der Oberkailer an des Gefangnen andrer Seite; rechts und links hielten ihn beide Gendarmen gepackt, ab und zu wandten sie sich um und streckten den in geringer Entfernung Folgenden die Waffen entgegen.

Das laute Geschrei war verstummt, es hatte einem dumpfen Murren Platz gemacht. Gleich einer bösen Bestie schlich die Weiberkolonne hinterdrein; sie knurrte und lauerte und drohte in unheimlicher Tücke.

Näher und näher kam man dem Talende, hoch und finster hoben sich die Ruinen von Himmerod, dahinter schwarz ragende Bäume des unendlichen Waldes. Voll Besorgnis sahen die Männer darauf hin; schon gellten wieder einige Schreie.

»Laoßt hän los! Pittchen, ons Pittchen!«

Ein Stein wurde geschleudert – noch einer – eine dreiste Stimme schimpfte. Das Murren, das bis dahin ein halb unterdrücktes gewesen, erhob sich lauter, kecker. Es schwoll an, wuchs und wuchs, wurde stark und stärker, drohender und drohender, grollend wie Ungewitter. Fester packten die Männer ihre Waffen.

– – – – – – –

Da – ein Schrei!

Die Weiber stutzten.

Ein Ruf, der das Tal durchhallte von einem Ende zum anderen!

Wie versteinert standen sie alle.

Noch einmal der Ruf – ein Ruf aus kräftiger Männerkehle:

»Hallo-o-oh!«

Das Echo war erwacht, jubelnd gab es den Ruf zurück:

»Hallo-o-oh!«

Und durch die Nacht flammte es auf, dort auf der Höhe von Schwarzenborn. Erst wie ein Stern, dann rasch größer werdend, weithin leuchtend, immer heller und heller, gelb und rot – eine Sonne, eine Riesenflamme, ein Freudenfeuer.

Der einsame Busch auf dem kahlen Scheitel zeigte sich deutlich; wie bei Sonnenaufgang umlohte ihn Glanz und Glut. Aber jetzt brannte er selber. Seine vertrockneten Äste hüllten sich blitzschnell in sprühendes Geprassel, gierig züngelnd loderte es auf in feurigem Entzücken.

Eine Freudenfackel streckte sich empor zum nächtlichen Himmel.

»Se sein dao!«

Wie aus einem Mund kam's, nur ein einziger Schrei.

Das waren nicht der Weiber viele mehr, das war nur ein Weib noch – *das* Weib! – Jählings wandte es sich, alles vergessend, und stürzte in rasendem Lauf dem Mann entgegen.

– – –

Clara-Viebig-Gesellschaft und Clara-Viebig-Pavillon e.V. Bad Bertrich

Die Dichterin Clara Viebig (geboren 1860 in Trier – verstorben 1952 in Berlin) gehörte um die Jahrhundertwende zu den meistgelesenen deutschen Autoren. Die Kritik geizte nicht mit Lob, pries sie als »deutsche Zolaïde« und stellte sie auf eine Stufe mit Gerhard Hauptmann und Thomas Mann. Heute ist das umfangreiche Werk, das aus über 30 Romanen, Novellen und Dramen besteht, in der Öffentlichkeit kaum mehr bekannt. Und bei denen, die sie und ihr Werk noch kennen, ist ihr Ansehen oft durch Klischees und Vorurteile herabgesetzt.
Diesen Zustand zu verbessern, hat sich die Clara-Viebig-Gesellschaft zum Ziel gesetzt. Clara Viebigs Werk soll durch Neuausgaben, durch Sammlung von Primär- und Sekundärliteratur, durch die Einrichtung eines Archivs und einer Bibliothek, durch Ausstellungen, Vorträge und Seminare der Öffentlichkeit wieder bekannt gemacht werden.

Informationen:
Clara-Viebig-Gesellschaft und Clara-Viebig-Pavillon e.V. Bad Bertrich
Kurfürstenstraße 21, 56864 Bad Bertrich
Tel.: 06542/963331, Fax: 06542/61158
clara-viebig@r-m-v.de - www.clara-viebig-gesellschaft.de

Clara Viebig im Rhein-Mosel-Verlag

Clara Viebig war eine der meistgelesenen Autorinnen ihrer Zeit. Ihre Werke werden vom Rhein-Mosel-Verlag wieder aufgelegt:

»Das Weiberdorf«
»Vom Müller Hannes«
»Die goldenen Berge«
»Heimat«
»Einer Mutter Sohn«
»Naturgewalten«
»Unter dem Freiheitsbaum«
»Das Kreuz im Venn«
»Kinder der Eifel«
»Prinzen, Prälaten und Sansculotten«
»Die Wacht am Rhein«
»Die heilige Einfalt«
»Berliner Novellen«
»Novellen aus Trier und dem Moselland«
»Rheinlandstöchter«
»Die Osterglocken«
»Wildfeuer«
»Das schlafende Heer«

Rhein-Mosel-Verlag, Brandenburg 17, 56856 Zell/Mosel, Tel. 06542/5151, Fax /61158
E-Mail: rhein-mosel-verlag@t-online.de Internet: www.rhein-mosel-verlag.de